この会社、
後継者
不在につき
Nozomi Katsura
桂 望実
角川書店
GR BAKERY
HOTEL

この会社、後継者不在につき

目次

装画　丹下京子
装丁　原田郁麻

第一章

一

岡村正人（おかむらまさと）はトイレを出て社長室に向かう。

三十五年前に正人が父親の後を継いで社長になった時に、この社屋を改修した。その際に二階の南の最奥に社長室を作った。北の端にあるトイレとは結構距離がある。

廊下の角を曲がると、次男の玲二（れいじ）が壁に背を預けて立っているのが目に入った。手元のスマホを真剣な表情で覗（のぞ）いている。

正人は尋ねる。「熱心になにを見ているんだ?」

「波の情報。今日はいい波が来てるんだよ」

呆（あき）れて言った。「仕事に関わる情報を見ているんじゃないのか?　なんだ、波の情報っていうのは。今は勤務中だぞ」

「今は休憩中。勤務中だってコーヒーを飲んだり、オヤツを食べたりするでしょ。それと一緒」

「減らず口ばかり叩（たた）きおって」

玲二はサーフィンが好きで、大学生の時には勉強をせずに海にばかり行っていたせいで、一年留年した。大学を卒業後はK県にある海沿いのホテルに就職したのだが、一年で退職し、ここで働き始めて八年になる。今もサーフィンをやっているようで、一年中日に焼けた真っ黒な顔をしていた。

正人が経営するルージュは、ケーキの製造と販売をしている。S県内に十店舗を構えていた。正人は社長室に入ると、黒い革張りの椅子に腰掛けた。

十二畳の部屋には黒のデスクと、同色のソファとローテーブルが置かれている。左には窓があり、そこからは隣に立つケーキ工場の白い壁が見える。

ノックの音がした後で長男の洋一（よういち）が顔を出した。

玲二とは違って真っ白な顔をしている。こっちは合唱団で歌うのが好きだというのだから、日に焼ける機会がないのだろう。中学生の頃からぐんぐん背が伸び、中三の時にはすでに百八十センチあった。運動部から随分勧誘されたようだが合唱部に入り、以降合唱一筋らしい。

洋一が書類を差し出した。「林（はやし）たまごから卵の納入価格を上げて欲しいという要望書がきてる」

正人は老眼鏡を掛けて書類に目を落とす。

洋一が続ける。「もっと安い鶏卵業者はないか調べてみたよ。二枚目の紙に一覧表にしてある。リストの一番上のところが一番安いから、そこに替えたらいいんじゃないかな」

正人は眼鏡を鼻の下にずらしてから洋一を見つめた。「その安いってところの卵の味はチェックしたのか？」

「いや」

ため息を吐いた。「卵は味の決め手になる大事な食材だ。卵を替えるってことは、味も変わってしまう可能性があるんだぞ。林たまごの卵は質がいいんだ。だから他より高くてもずっと買っていた。確か二年前にも、林たまごから値上げの要望が出たんだったよな。その時は泣いて貰ったろ。餌代がまた上がってるんだろうから、今回は呑んでやろう。林たまごの卵があってのルージュのケーキなんだ。うちだけ儲かればいいってもんじゃないんだからな」

洋一は顔色一つ変えず「わかりました」と言うと、さっさと部屋を出て行った。

正人はやれやれと思う。

玲二はあんなだし、二つ上の洋一の方は、真面目なんだが商売のセンスがない。どうしたもんか。

正人は六十五歳だった。次の社長を決めなくてはいけない時期なのだが、兄弟のどちらにするべきか悩んでいた。

デスクの左端の写真立てに目を向けた。

中央には正人が、隣には妻の早苗が立っている。その右には洋一と、その妻の優子が写っていた。その二人の前にいる孫の航也は、不思議そうな表情を浮かべている。正人の左側には玲二と、その妻の加恋がいた。去年の早苗の誕生日に、寿司店で食事をした時の写真だった。

しばらく家族の写真を眺めてから、正人は首を後ろに捻った。

壁には先代の達郎の写真が掛けられている。

親父、どうしたもんかね。次の社長はどっちがいいと思う？　と正人は心の中で尋ねてみる。写真の達郎の眼光は鋭い。そして怒っているような表情をしていた。

普段から大抵こんな険しい顔をしている人だった。子どもの頃から褒められたことは一度もない。なにやってるんだと叱られるばかりだった。テストの点が低い、不満そうな顔をした、そんな理由で張り倒された。正人がケーキ作りを始めると周りの目を気にしたのか、手をあげることは止めたが、その代わり言葉の暴力をふるった。

その時、内線電話が鳴った。

北川徹が来訪したという。

時を置かずに北川が部屋に入って来た。

今日は紺色の地に白い水玉模様の蝶ネクタイをしていた。黒いコートを腕に抱えている。知人から紹介された中小企業診断士だった。五十五歳だという。

北川がソファに腰掛けて手を擦り合わせる。「今日はまた一段と寒いですね」

エアコンを指差した。「温度を上げましょうか？」

「いえいえ。ここはとても暖かいです。外が寒い。雪でも降りそうな寒さですよ」

女性従業員がコーヒーを正人と北川の前に置き、部屋を出て行った。

するとすぐに北川が口を開いた。「バレンタインデーがらみの売上はどうだったんですか？」

「昨年対比で百五パーセントでしたから、まぁまぁといったところです」

「それは素晴らしい」大袈裟に感心したような顔をする。「正人社長さんが後を継いでからずっと、黒字経営をされていらっしゃる。その優良企業の社長さんが、どうしてそんな浮かない顔をなさっておられるんでしょう？」

「浮かない顔をしていますか？　だとしたら、悩んでいるからでしょうね。この前も話しましたが、この会社の後継者をどうやって決めたらいいのか、困っているんです」

北川と契約をしたのは三ヵ月前だった。地元の商工会議所で会頭をしている、山本天平を介して知り合った。

北川はどうも胡散臭かった。誠実そうには見えないのだ。どうしてそんな印象を抱くのかはわからない。物腰は柔らかいし丁寧な物言いをするのだが、時々山師的な顔が見え隠れするように感じるせいだろうか。役者をしていたそうで、その影響なのかリアクションに大袈裟なところがあり、そうした点も胡散臭さを増しているのかもしれない。

そんな人物ではあっても正人は北川と契約をした。正人が尊敬する山本が強く推薦したからだ。

正人は言う。「普通に考えれば、長男に社長をやって貰うところでしょう。ルージュを大切に思ってはいるようですし、真面目ですし」

何度も大きく頷いてから「でも？」と続きを促した。

「でも商売のセンスがないんです。それに人心の掌握も上手ではないんです。今の時代の経営者は従業員から尊敬され、なおかつ慕われるのが大事だと思いますが、そういうのも全然ダメなんです。パート従業員から、恐ろしいほど退屈と言われているような状態です」

「弟さんの玲二さんの方が商売のセンスがあるんですか？」

「あるかどうかは、はっきりしませんな。うちでそういうセンスを使って、なにかをやってくれたことはないもんで。ただ玲二の方が頭が柔らかいように思うんです。これがダメだったら、じゃあこっちと、自分の考えを変えられる柔軟性があるんじゃないかと。これからの時代、社長に必要なのは、そういう柔軟さじゃないかと思うんです」

「柔軟さですか。確かにそれは大事ですね」北川が考え込むような顔をした。

「後継者を兄弟のどちらかに決めたとして、社長に指名されなかった方には、副社長をやって貰うことになるでしょう。兄弟で手と手を携えて、頑張ってくれるだろうかという不安もあります。子どもの頃から兄弟仲は悪くはなかったと思いますが、特別いいという訳でもないんですね。私が生きているうちは、なんとかなったとしてもですよ、死んだ途端に兄弟が仲違いして、会社の経営がおかしくなってしまうんじゃないかと。そういう心配があります」

　正人の頭に八年前の記憶が蘇る。

　玲二がふらりとこの部屋にやって来て、親父の会社で働かせてよと言った。正人は洋一を社長室に呼び、玲二がここで働くと言っているから、仕事の流れを教えてやってくれと指示した。すると洋一ははっきりと嫌そうな顔をした。そして「ホテルで働きたかったんじゃないの？」と玲二に質した。玲二は両手を頭の後ろで組んでソファにもたれかかり「なんか向いてなかったんだよね」と答えた。「ルージュなら向いてるの？」と洋一は質問を重ねた。これに対して玲二は首を捻り「さぁ、わかんないけど」と応じた。

あの時正人は火種を抱えたのかと心配になった。だがすぐに家族で会社を盛り立てていけるなら、結構なことじゃないかといい面にだけ目を向けた。まだ自分の引退後の会社のことを、リアルに想像出来ていなかったのだ。

そして八年後の今、火種は消えることなく存在し続けていて、心配は強く大きくなっている。だがもう先送りするだけの時間はない。

北川が口を開く。「そういう事例はたくさんありますからね。ついこの間も話題になっていましたよね、有名な服のブランドを巡る骨肉の争いというのが。兄弟で訴訟合戦になってしまっては、ブランドイメージは悪くなりますし、兄弟の仲を修復することも出来ないでしょう。こうなっては最悪です」

そう言うと北川はコーヒーに口を付けた。

そしてひと口飲むと、カップをソーサーに戻してぐっと前屈みになった。「今日は一つ、提案をさせて頂こうと思って伺いました。社長、後継者をすぱっと決める方法があります」

「えっ？　それは……それはどんな方法ですか？」

右の拳と左の拳を、自分の胸の前でぶつけるように合わせた。「二人にガチンコ勝負して貰えばいいんです。後はその勝者を次の社長に指名するだけです。正人社長さんはもう悩む必要はなくなります。正人社長さんに指名されなかった方も、自分は負けたからだと思って納得し易いと思いますよ」

「ちょっと待ってください。そのガチンコ勝負というのは？」

「御社は資金に余裕がおありのようですから、息子さんお二人に同額の開店準備金を渡して、店をやらせてみるんです。失敗する可能性がありますから、ルージュさんの名前は使わせずに、出店場所はS県以外とした方がいいでしょうね。空き物件を探すところから始めて貰って、商品を開発して、それを作るための人の雇用や、店舗のデザインといった運営のすべてを任せるんです。期間は二年ぐらいがいい線じゃないでしょうか。二年後の指定日までの合計純利益額が高い方が勝ちです。この勝負で勝った方を次期社長にという算段です。いかがでしょう」

なにを言ってるんだ、この男は。そんなこと……そんな無茶苦茶なことが……いや、無茶苦茶なのか？　今まで二人とも既存の店の管理仕事しかしていない。私は厨房(ちゅうぼう)でケーキを作るところから修業を始めたが、当時は二店舗だけだったので、それが可能だった。だが十店舗を抱える現在は、ケーキは工場で全店分を一括製造している。勉強のために二人を工場で働かせたのは一週間程度だった。二人がルージュで働き出してから新店のオープンはなく、店舗開発の経験もない。そんな状態で社長になる能力があるのか、ないのか、わかるはずもなかったか。北川はやっぱり、なかなかの人なのかもしれない。

正人は北川をまじまじと見つめた。

二

「――という訳だ」正人は話のまとめに入る。「スタートは四月一日からで、二年後の三月三十一日までの二年間の合計純利益額が、高い方が勝ちになる。どうだ？　やってみるか？」

　正人は社長室のソファに並んで座る洋一と玲二を見つめた。

　正人は北川から提案されたガチンコ勝負を、やってみることにした。上手（うま）くいけばルージュの看板に付け替えて、十一店舗目と十二店舗目にすればいい。S県以外での初出店になる。失敗したとしても、ルージュとは違う名前の店が失敗しただけなので、ブランドイメージに傷は付かない。これで次の社長を決められるのなら万々歳だ。二店舗分の開店準備金を払える余裕が、今のルージュにはあった。

　玲二が目を輝かせて言った。「すっげぇ面白そうじゃん。やろうよ、兄貴」

　その声掛けに洋一は答えず「二年間はその新店開発に専念するということなの？」と正人に質問した。

「そうだ」と正人は頷いた。

　更に洋一が聞く。「僕らが今やってるこっちの仕事はどうするの？」

「皆で分担してやるさ。手が足りなければ人を雇えばいい」と正人は答えた。

　洋一が言う。「その勝負に勝ったらどうなるの？」

　正人が答えるより先に玲二が発言する。「そりゃあ、勝った方が社長になるんだろ」

　洋一が「そういうことなの？」と質問した。

　正人は頷いた。「そうだ」

　洋一が食って掛かる。「どうしてそんなことをするんだよ。フツー長男の僕が後継ぎだろ。

社歴だって長いんだし。それにルージュのことをちゃんと考えているのは、僕の方なんだから」

玲二が目を剝いた。「兄貴はそんな風に考えてたんだ。社長に相応しい人が社長になったらいいんじゃないの？　生まれた順じゃなくてさ」正人に目を向けた。「その開店準備金だけどさ、もうちょっと貰えないの？　開店するには色々お金が掛かるでしょ」

正人は「それを工夫で乗り越えるんだ。工夫のし甲斐があるだろ」と言葉を掛けた。

玲二が壁のカレンダーを見上げる。「それにしても時間が足りないなぁ。四月一日からって、あと三週間もないじゃん」

正人は説明する。「四月一日にオープンさせろと言っているんじゃない。期間は二年間ある。その二年間を使ってどんな店を作り、それをどう軌道に乗せて運営するのかという企画だ」

小刻みに玲二が頷いた。「わかったよ。確かにゲームだって、なんだっていいとなったら、つまらないもんな。ルールがあって、シバリや制限があって、その中で高得点を狙うのが楽しいんだもんな」

玲二ときたら。まったく。店の運営とゲームを一緒にするとは。これは先が思いやられる。

玲二が声を上げた。「よしっ。俺はやるよ。兄貴もやるよな？」

洋一は苦々しそうな声で言う。「まぁ、それが業務命令なら」

「よし。決まりだね」と口にした玲二が楽しそうな顔をした。

二人が社長室を出て行くと、正人は商工会の山本に電話を掛けた。

挨拶を済ませてから正人は切り出した。「中小企業診断士の北川さんの件なんですが」

「どうかした?」

「北川さんは、ちゃんとした実績のある方なんですよね?」

笑い声が受話器から流れてくる。「彼のとんでもない提案に困ってるのかな?」

「いえ、困っているということはないんです。最初に聞いた時は驚くような提案でしたが、じっくり検討してみたところ、いいアイデアでしたので、実施することにしました。ただ、一抹の不安があると言いますか。本当にこの人の言う通りにして大丈夫なのかと。それで紹介して頂いた山本さんに改めて確認しようと思いまして」

「彼のアイデアは大抵とんでもないからね」

「とんでもないんですか?」正人は確認する。

「ああ。でも、実績は挙げている。たくさんの中小企業を成功させてる」

ほっとして「そうですか」と言った。

「介護施設の話、岡村君にしたかな?」

「いえ」

「北川君のクライアントに介護施設があってね。デイサービスをしているところだった。デイサービス、わかるかな? 入居するタイプではなく、利用者は自宅から通ってくるんだ。介護施設はどこも経営が大変らしいね。そのクライアントも大変だったそうだ。で、北川君が出したアイデアが凄かった。どんなのだと思う?」山本が楽しそうな声で聞いた。

「いやぁ、全然わかりません」

「介護施設を止めて、男性高齢者向けの会員制有料アミューズメント施設にしたらどうですかって提案したんだ」

「介護施設を止める提案ですか？」思わず大きな声を上げた。

「そう。びっくりだろ。そこの利用者がどうしてこんなに女性が多いのかと不思議に思ったそうなんだ。女性の方が長生きするとはいえ、この比率はおかしいと考えたらしい。それで公園や、喫茶店や図書館に行って、男性の高齢者を摑まえては話を聞いて歩いたそうだ。そうしたらデイサービスは塗り絵だとか、折り紙だとか、女性向けのプログラムばかりで、つまらないという意見が多かったそうだ。それで、北川君は考えた。男性の高齢者を狙った施設にした方が差別化が出来ると。それで麻雀やトランプ、パチンコが出来る施設だったら、男性の高齢者が来てくれると踏んだんだな」

正人は質問した。「ギャンブルが出来る施設ということですか？」

「いやいや、施設内で使えるコインで遊ぶだけで、そのコインは換金できない。だから誰も儲けられないし、損もしないシステムにするという案だった。五十分遊んだら、十分は運動したり、休憩したりするというルールにして、健康面にも気を遣ってと、そういう施設だ。そうそう、風呂も入れるんだった。なんでもデイサービスの利用者に聞いたら、施設で入浴出来るのが人気の理由のようだったので、そこの施設でも入浴サービスを導入すると、そういうアイデアだったそうだ。当然ながら介護保険制度では認められないからね。介護事業所としての経営は止めて、新しい業態に変更したらどうですかという提案だった」

「そこは、そのアイデアを採用したんですか？」

「したんだよ」

「どうなりましたか？」

「大盛況。人気過ぎて、会員登録待ちの人が大勢出ているそうだ。二年の間に三号店まで増やしたと言っていたな」

「そんなに……」

山本が言う。「元気なジジイは暇なんだよ。家にじっとしてるのも辛いんだろ。そんな時にそこのアミューズメント型の施設に行けばさ、そりゃ、楽しいよ。仲間と麻雀やったり、花札したりしてさ、出された弁当を食べて、軽く運動してさ、大浴場でひとっ風呂浴びて、ゴロンと横になれるんだから。毎日温泉旅館で遊んでるような気分だろう」

「確かに成功したとはいえ、とんでもないアイデアですね」

「北川君のために補足しておくと、彼は決して自分本位でアイデアを練った訳ではないんだ。北川君は介護施設から経営の相談を受けた時、まず施設長に尋ねたんだ。施設長さんはどうして介護施設を始めようとしたんですかと。施設長は小さい頃、祖父母の家で暮らしていたそうだ。それでおじいちゃん子、おばあちゃん子だった。だから高齢者の人たちが毎日笑って楽しく過ごせるように、その手伝いがしたいと思ったからですと答えたそうだ。そこで北川君は考えたんだよ。今の介護施設が果たして、高齢者の人たちを楽しませているだろうかって。アイデアの出発点は、施設長の思いなんだ。北川君はね、とんでもないアイデアを出すけどね、クライアントの思いから外れることはない。そこはね、安心して大丈夫だよ」

「……そうですか」

「北川君の提案は突飛であったとしても、その出発点は君の思いのはずだ。だから心配せずに乗っかればいい」

正人は「はい」と答えた。

いつもの仕事に戻り、一区切りついたのは午後六時半だった。自家用車を運転して帰路につき、午後七時前に自宅に到着した。

それから早苗が用意してくれた夕食を二人で食べた。いつものように正人は白飯は食べず、おかずだけを食べた。達郎が糖尿病を患ったこともあり、正人は健康には気を配っている。職業柄味見などをするため、どうしても糖分を摂り過ぎてしまう。だから昼食と夕食では主食を摂らずに、おかずだけにしていた。

食事が終わると、小一時間ほどリビングでのんびりしてから家を出た。日課の散歩のためだ。

今夜は駅の方へ行ってみるか。

自宅を出て左へ進む。

車が一台通れるほどの道幅の両側には、二階建ての住宅が続いていた。そうした家々をぼんやりと街灯が照らしている。

今日は風もなく、夜の散歩にはもってこいの日よりだった。

一軒の家の前で足を止める。その家のブロック塀から枝を伸ばしている桜を見上げた。蕾（つぼみ）はまだ硬そうで開花はまだ先のようだった。

散歩を再開して真っ直ぐ進む。

やがて商店が並ぶ通りにぶつかった。

進路を右に取る。

コンビニの前を通り沖縄料理の店を通過した。

その隣の店はシャッターが下りている。

昔は賑（にぎ）わっていた商店街だったが、いつの頃からか店仕舞いするところが増え始めた。今では三分の一ぐらいの店がシャッターを下ろしている。すっかり寂しい商店街になった。

商売は水物とは良く言ったものだ。どの店も精一杯努力して頑張っただろうに。そうした中には黒字であったのに、後継者がいなくて、店の存続を断念したところもあるようだった。

北川の話では廃業した企業のうち、六割は黒字だったという。更に廃業理由の三割が、後継者がいなかったせいだと聞いた時には驚いてしまった。

正人が突然達郎から、フランスに行って勉強して来いと言われたのは三十歳の時だった。すでに十年もの間、ルージュのケーキを作っていたのに、まだ勉強が足りないと言われたのだと思い、正人は暗い気持ちになった。すぐに返事をしない正人に、達郎はこんな機会はもうないぞと言った。

結局正人はフランスに行き三ヵ月の間、あっちこっちの店でケーキを食べて歩いた。ケーキを写真に撮りどんな味かをノートに記録した。なにが使われているかを推察し、またどういった作り方をしているかを推し測り、これもノートに書いた。ノートは二十冊にもなった。

帰国して三ヵ月ぶりに見た達郎は一気に老けていた。糖尿病が悪化していたのだろう。

正人はノートを達郎に見せた。

フランスのケーキは味が強烈なものが多かった。砂糖の味しかしないようなものまであった。

正人は言った。「デザインは参考になるものがたくさんあったけど、味は親父が作ったケーキの方が何倍も旨かったよ」と。

達郎は顔を顰めた。

金を与えて行かせたのに、そんなことを言う息子に腹を立てたのだろうと正人は思った。また罵声を浴びせられるのだろうと身構えた。

だがなかなか達郎から言葉は出てこなかった。

少しして「そうか」と言った達郎の声が震えていた。

驚いて親父の顔を見たら目が真っ赤だった。

泣いているのか？

正人は衝撃を受けた。泣いた姿など一度も見たことがなかったのだ。

その日から一週間後、店を譲ると正人は達郎から言われた。

その半年後に達郎は他界した。

正人は足を止めて前から来た自転車を避けた。猛スピードで通り過ぎていく若者の後ろ姿を、しばし見つめる。

こんな狭いところをあんなスピードを出して走るとは。まったくけしからん。

再び歩き出そうとした時、ショーウインドーに目が留まった。

呉服店の小さなショーウインドーに、桜の花がたくさん描かれた反物が飾られていた。

今の季節はとにかく桜だ。ルージュのショーケースにも、桜をイメージさせる期間限定のケーキを、たくさん並べていた。

どうしてだかわからないが、桜がらみの新作は毎年それほど苦労せずに生み出せていた。だが他の月の限定商品ではそうはいかない。いつもギリギリまで頭を悩ます。今は五月の限定ケーキを考案しなくてはいけないのだが、順調ではなかった。

どうしたものか。

新作のケーキはすべて正人が発案し、レシピも作っている。そのレシピ通りに工場の従業員たちが製作する。

正人は呉服店の三軒隣のスーパーの前で足を止めた。

コンビニの店舗ほどの広さの小さなスーパーだった。店頭のワゴンに袋詰めのオレンジが置かれている。ワゴンには爽(さわ)やかな甘さと書かれた販促ポップが貼られていた。

オレンジは一年中目にする果物になったが旬(しゅん)は五月だ。今年はオレンジを使ったケーキにしてみるか。

ルージュではオレンジを使ったケーキは、通年販売している。オレンジピール入りのスポンジケーキを、チョコレートでコーティングしたものだ。オレンジと相性のいいチョコレートを、たっぷり使ったこのケーキは、これまで売上のトップ3に入ったことはないのだが、安定した数字を出していた。

この定番ケーキがあるのだから、これとは明らかに違う趣向のものにしなくてはならない。それに映えるようにデコラティブにする必要があった。最近はこれまで以上に見た目が重視される。こうした盛ったケーキを作るには、デザインのセンスが問われる。更に味のバランスを取るのが難しいので、味覚の感度の高さが求められた。ひと口食べた時に、口の中に入る飾りものの量が多くなり、ベースとなるスポンジなどの量は減るからだ。味の調整には緻密な計算が必須となる。

これまで新作のアイデアや提案を、洋一からも玲二からも受けたことがなかった。

それは父親の仕事だからと手を出さなかったのか……それともそういう能力がないのか。北川が言い出したガチンコ勝負によって、こうしたことも、はっきりするだろうか。

一つ息を吐き出すと正人は再び歩き出した。

三

正人は拍手をした。

今日の登壇者、星野泰行がお辞儀をする。

星野は関東地方で、二十店舗のカラオケ店を経営する社長だった。

星野の隣に座っていた北川が立ち上がる。「それでは皆様、恐れ入りますが、お使いになった椅子をご自分で壁際までお運びください。これから歓談タイムとなりますので、ご自由に交流にお励みください」

参加者たちから小さな笑いが起こる。

北川が何食わぬ顔で「お励みください」と繰り返してから「後ろのテーブルには軽食があります。セルフサービスでご利用ください」と続けた。

正人は立ち上がり、座っていた椅子を持ち上げる。

北川が主催する異業種交流会に正人が参加するのは、今日で三回目になる。

この交流会ではまず、その日選ばれた参加者一人が壇上に上がる。その人物に北川が質問をしていくスタイルのトークが、三十分ほど行われる。その後、参加者たちからの質問タイムが、十分程度用意されている。それが終わると、自ら椅子を片付けて動き回れるスペースを確保してから、交流会がスタートするのだった。

正人は壁際に置かれている椅子の上に、自分のを積み重ねた。

それから後方のテーブルに向かい、カップにホットコーヒーを注いだ。

さて、誰に話し掛けてみようか。まずは星野にするかな。

正人は星野を捜す。

百平米ほどの貸し会議室には、三十人ほどの参加者がいた。

なかなか星野を見つけられない。

ふと、窓外の景色に目を向けた。

五階の窓からはU駅のホームが見えた。

「こんにちは」

声を掛けられた正人は顔を左に向けた。

四十代ぐらいの男が笑みを浮かべていた。

黒いTシャツの上に千鳥格子のジャケットを羽織り、ジーンズを穿いている。鼻筋の通った二枚目だった。

木原慧と名乗った男は「北川さんに仕事を依頼されている方ですか?」と質問した。

「はい」と正人は頷いた。「木原さんもですか?」

「以前お願いしていました」と答えた木原は「どういった業界の方ですか?」と聞いた。

「ケーキの製造と販売をしています。そのクッキーはうちのです」と木原のソーサーに載ったクッキーを指差した。

少し驚いたような顔でクッキーを見下ろしてから「旨そうですね」と言った。

「木原さんはどういった業界の方ですか?」

「医者でした」

「でしたというと、今は違うんですか?」

「あー、いいえ、今も医者です、一応」と答えてから笑った。「なんだか僕、怪しい人になってますかね。北川さんと出会った頃は医者でした。正真正銘の。整形外科のクリニックをやってたんですが、経営が苦しかったんです。しょうがないので、大学病院でのバイトを掛け持ちしてました。そうするとクリニックを開ける日が少なくなるので、患者が減るという悪循環に陥ってました。それで知人の紹介で、北川さんに相談することになったんです。初めて北川さんに会った時に聞かれました。先生はどうなりたいですかと。それで僕は答えたんです。金持ちになりたいと」

これはこれは。なんとも率直な回答だ。患者を助けたいとか、役に立ちたいとか、そんな言葉を期待していたのだが。

木原は続けた。「僕は母子家庭で育ちまして生活は大変でした。物心ついた時からずっとお金の苦労ばかりしてきたと、北川さんに正直に話しました。大学も奨学金で通ったので、医者になってからも大変でした。大学病院で働き始めたんですが、奨学金の返済があるのに給料が安くて。なんとか奨学金を完済して、金を貯めてクリニックを開業したんですが、患者が来なくてバイト生活ですからね。苦労した母親に楽をさせてやりたくても、自分が生活するのにいっぱいいっぱいな状態でした。だから僕は金持ちになりたかったんです」

「北川さんはなんて仰(おっしゃ)いましたか？」

「わかりました。考えてみますと仰いました。それから一ヵ月後に北川さんがいらっしゃって、びっくりするようなことを言い出しました」

出たぞ。北川はフツーの提案なんかしやしないんだ。そういう中小企業診断士だ。

正人は期待で目を輝かせて尋ねた。「それは、とんでもないアイデアでしたか？」

「ええ、そうです。とんでもないアイデアでした。先生、ジムの経営をしませんかと、そう仰ったんです。びっくりですよね。病院の経営を立て直すために相談したのに、ジムを始めろなんて言い出すんですから」

「ジムですか……それで、どうされたんですか？」

「北川さんの話を聞いてみました。ジムに通う人にはいろんな理由があるだろうが、自分の身体を大切にしている人であることは間違いない。そういう人の中にはジムのトレーナーのアドバイスよりも、医者のアドバイスの方を信頼する人もいるはずだと言うんです。そういう人に同じことを言ったとしても医者が言うのと、トレーナーが言うのでは、説得力が全然違う。先生は医者なのだから、この優位性を突破口にすべきだというんです。クリニックの規模は縮小してジムを併設して、そっちで儲けるというアイデアでした。整形外科を受診した患者のリハビリを、ジムに回して、そっちでトレーニングして貰う。ジムに回したっきりにするのではなく、定期的に医者の先生が診察をして、トレーニングメニューを作り直して、またジムに回すようにしたらいいと言われました。ジムに直接来た客には、医者にトレーニングメニューを作って貰った方がいいといって、整形外科に回して定期的に診察を受けるようにさせる。こうやって患者や客に、病院とジムの間を行ったり来たりさせれば、儲かるというんです。ジムの方は医療保険の範疇ではありませんから、自由に料金を設定出来るので」

「なるほど。話を伺っているうちに、いいアイデアに思えてきました。そのアイデアには乗ったんですか？」

「はい」木原が頷いた。「ジムを開くために借金をするのは正直迷いました。でも考えれば考えるほど、北川さんのアイデアは秀逸だと思えてきまして。現状を打破するために、リスクも覚悟しようと決めました。腹を括ってジムを併設しました」

「成功したんですね。値の張る腕時計をして、高級ブランドの靴を履いているんですから」

木原がニヤリとした。「ジムは当たりました。お蔭で母に家をプレゼントすることが出来ました。世界一周の船旅も」

「夢が叶ったんですね」

「はい。僕は今も医者です。ちゃんと診察しています。でも経営者の意識の方が強くなりまして、職業を聞かれる度に、なんて答えようかと一瞬迷います」

そう言った木原は笑った。

正人は北川の姿を捜す。

どこに……あっ、いた。

六十代ぐらいの女と真剣な表情で話をしている。

今日は黄色と黒のストライプ柄の蝶ネクタイを締めていた。

あの人はやはり、とんでもないアイデアマンのようだ。

「旨いです」

木原の声がして、正人は顔を左に捻った。

「クッキー、旨いです」と言った木原の唇には、クッキーの欠片が付いていた。

四

葬儀会場に正人は足を踏み入れた。

祭壇の中央には吉川サクラの笑顔の遺影があった。

葬儀会社のスタッフらしき人から座るように言われた椅子に、正人と早苗は並んで座った。

祭壇の前にはパイプ椅子が百脚ほど並べられている。

すでに四、五十人ほどの参列者たちが着席している。

中央付近に座った正人は首を伸ばして、喪主席を窺った。

憔悴し切った顔の吉川裕介が腰掛けている。

裕介とは高校の三年間、同じクラスだった。高校時代の思い出には必ず隣に裕介がいた。それぐらい常に一緒にいた。

裕介は家業を継いで不動産屋になった。働き始めると互いに忙しくなったが、それでも時間を遣り繰りして会うようにしていた。裕介とサクラ、正人と早苗でダブルデートをしたこともあった。だが年を重ねるうちに会う機会はどんどん減っていった。ここ十年ぐらいは年賀状のやり取りだけになっていた。突然入ったサクラの訃報に、夫婦で駆け付けたのだった。

僧侶が現れて読経が始まった。

葬儀スタッフから促された裕介が立ち上がった。そして会葬者たちに向かって深く頭を下げる。

会葬者たちは着席したままでお辞儀を返した。

裕介が焼香台の前で焼香を始めた。

あんなに……小さかったかな。

久しぶりに見た友の背中がやけに小さく感じられた。

あれはいつだったか……洋一が十一歳ぐらいだったから二十年以上前になるか。裕介が管理する避暑地の別荘が空いているから、夏休みに一緒に旅行に行かないかと誘われた。

岡村家の四人と、裕介とサクラの合計六人で豪奢(ごうしゃ)な別荘に二泊した。裕介たちに子どもはない。

あまりに気持ちのいい風が吹いていて、正人は庭のハンモックで長い昼寝をしてしまった。目を覚ますと、裕介は洋一と玲二と三人で楽しそうに虫取りをしていた。その際にすっかり裕介に懐いたのだろう。その日の夕食で洋一と玲二は、裕介の隣に座りたがり小競り合いをした。サクラが席を譲ってくれたので、子どもたちは裕介を挟んで座ることが出来て、満足そうだった。

デザートを食べている頃に裕介が言い出した。「うちの子になるか？」と。洋一はポカンと口を開けた。玲二は目を真ん丸にした。

少しして玲二が言った。「お小遣いをたくさんくれる？」と。裕介が「よし。たくさん小遣いをあげよう」と答えると、玲二は「どうしよっかなぁ」と真剣に考え出した。

そして「お父さんがもう少しお小遣いを上げてくれたら、裕介おじさんちの子どもにならないであげるけど、どうする？」と正人に取引を持ち掛けた。

正人は大笑いし、裕介も笑った。早苗もサクラも。

そういえばあの時、洋一はテーブルの一点を見つめて固まっていたんだったな。

子どもたちが眠った後で正人は裕介と酒を飲んだ。いろんな話をしたはずだがもう覚えていない。ただ一つのこと以外は。

その晩、裕介は言ったのだ。お前は幸せ者だなと。

そうなのだろうか。

裕介、お前は幸せだったか？

焼香の番が回ってきて正人は立ち上がった。中央の通路を遺影に向かって進む。焼香台の前で足を止めた。ちょっとピンボケのサクラの笑顔を見つめる。抹香を摘み目の高さまで持ち上げてから香炉に落とした。二度繰り返した後で手を合わせて目を瞑った。

ダメだよ。こんなに早くに天国に行っちゃ。裕介は寂しがり屋なんだから。あいつを独りぼっちにするなんてさ。一人残されたあいつは、どうしたらいいんだい？

目を開けて再び遺影を見上げた。

満面の笑みに少し影が差したような気がした。

正人は身体を裕介の方に向けてお辞儀をした。

やつれた顔の裕介がお辞儀を返す。

孤独に負けるなよ。

正人はそう心の中で声を掛けた。

葬儀が終わり、帰宅するため正人と早苗は駐車場に停めていた車に乗り込んだ。

助手席に座るや否や早苗が口を開いた。「早過ぎますよね。まだ六十歳で天国へ行くなんて」

「そうだな」

正人はアクセルを踏んだ。

駐車場を出て大通りに入る。

フロントガラスに雨粒がぶつかった。

たちまち雨粒の量が増えていき、レバーを下げてワイパーを動かす。

早苗が言った。「お一人になって、裕介さん、お寂しいわねぇ」

「そうだな」

「私たちにとっても、そう遠い話ではありませんね」

「まぁ、そうだな」

「私が先に天国に行ったら、お父さん、どうします?」と早苗が聞く。

「…………」

「もしかして息子たちが面倒を見てくれるだろうなんて、思ってるんですか?」

「…………」

「洋一も玲二もいい子たちです。優子さんも加恋さんもいい嫁ですね。でもね、私たちの面倒を見てくれるかは、わかりませんよ」

「…………」

早苗が続ける。「昔とは違いますからね。親の面倒は子どもが見るものだと、思い込んではいけないんですよ。それに兄弟二人を争わせていますでしょ。洋一と玲二が、憎み合うようになってしまうかもしれませんよね。そうなったら、その原因を作ったお父さんを恨むかもしれません。家族がバラバラになったらですよ、親の面倒なんてお断りと言われるんじゃないでしょうか」

「二人からなにか言われたのか？」

「いいえ。今のところはまだ。お父さんはどちらが社長に相応しいと、思っているんですか？」

「わからん。それを見るための勝負だ」

「それではお父さんは息子たちのことを、よくわかっていないということですか？」

「…………」

早苗は息子二人のガチンコ勝負が気に入らないようで、最近はこんな風に時折嫌みを言う。私は古い女だから、お父さんの後ろを黙ってついていくのが幸せなんですなどと言う癖に、気に入らないことがあるとくどくどと、それで宜(よろ)しいんですか？　と何度も確認してくるようなところがあった。あなたがやり始めたことは間違っていると、仄(ほの)めかしているつもりなのだ。

正人は赤信号で車を停めた。

そして早苗に顔を向けて言った。「私より長生きしてくれ」

五

ここか。

正人はガラス扉越しに空き店舗を覗く。

洋一がK県にある店舗の賃貸契約をしたと聞き、どんな場所なのか知りたくて一人でやって来た。

残された扉の上のテントには、黒沢電器店と記されている。左隣は指圧店で、右隣は美容院だ。

正人は身体を後ろに回して、向かいのコンビニに目を向けた。

これがどうでるか。

コンビニがあれば、その前の道に人の流れは出来易くなる。他の商売ならそれは有り難いことだが、ケーキ店にとってはそうとも言えない。コンビニにはケーキも置いてあるからだ。その味は本格的だしリーズナブルだ。今やコンビニはライバルなのだ。

一人暮らしが多いエリアではケーキ店の経営は難しい。ケーキをコンビニで買う人が多いからだ。自分へのご褒美として買うような時でも、コンビニのケーキを選ぶ傾向があった。

だから二人以上で暮らしている世帯が多いエリアの方が、ケーキ店は商売がし易い。複数買うとか、誰かの記念日といった時には、コンビニのではなく、ケーキ店のケーキを選ぶ人が多いので、出店するなら家族で暮らしている世帯が多い街がいい。

正人はぐるっと周囲を見回した。

高層ビルは見当たらない。二階、三階建ての住宅が続いていた。

エリアとしてはまぁまぁのようだ。

正人は駅に向かって歩き出す。

二分ほどで駅の南口に到着した。

遮断機が下りていて、四、五人が電車の通過を待っている。

駅から近いのはいいが、その分家賃は高いだろう。

洋一に渡した金は、開店資金としては充分とはいえない額だった。その方が工夫のし甲斐があると北川が言うので、敢(あ)えて少し足りない金額にした。

電車が猛スピードで走り抜けて行った。

快速電車のようだ。この駅は各停しか停まらない。

遮断機が上がると正人は踏切を渡った。

こちらの北口の方が、南口より店が多そうだ。

ゆっくり歩きながら店を眺めていく。

蕎麦(そば)店、靴店、クリーニング店、ハンバーガーのチェーン店、弁当店、寿司店が並んでいた。

ドーナツのチェーン店の前で足を止めた。

奥までは見通せないが、店内にはテーブルが十卓ほどありそうで結構広い。

ここもライバルになるだろう。

ここのドーナツは味のバリエーションが多く、派手な見た目のものもある。ケーキと比べると値段が安いので普段買いし易いし、特別な日に選びたくなるような、凝ったデコレーションのものも取り揃えている。

踏切から百メートルほどで商店は姿を消し、住宅が並ぶようになった。

Uターンして来た道を戻り始める。

スーパーがないな。この界隈(かいわい)の人たちは食料品をどこで買っているのか。最近は住人がある程度いてもスーパーがない街もある。

スーパーがケーキ屋のライバルになることもある。店内にケーキ屋が出店していることもあるし、ホールケーキの予約販売をするスーパーもあるので、強敵となり得る存在だった。

正人は街行く人たちの様子を窺いながら足を進め、年齢層などを推測する。

駅の北口に戻ると、また遮断機が下りていて、十人ほどの人たちが電車の通過を待っていた。方向指示器が両方向から電車が来ると知らせている。

少しして電車が右から左へ走り抜け、方向指示器の矢印が一つ消えた。

しばらくして今度は左方向から電車がやって来た。そして猛スピードで走り抜ける。

ようやくだなと思った時、また方向指示器が点灯した。遮断機は上がらず警報音は鳴り続けている。

ここは開かずの踏切なのか？　だとしたら、この踏切で街は二分されているかもしれない。そうだとすると北口側の住人が、開かずの踏切を渡ってケーキを買いに行くには、相当に強い動機が必要になる。その動機をもたせるのは至難の業だ。駅前のいい立地の空き物件だと思ったが、そうとは言えない可能性があるな。北口へ降りる客は拾えず、南口へ降りる客に限定されてしまうのならば、やっかいだ。

空き店舗の前に戻った正人はスマホの地図アプリを開き、この近くのスーパーを探してみた。その地図によれば、スーパーは隣の急行が停まる駅の近くにあるようだ。だとすると、ここら辺の住民は隣の駅まで行くか、宅配式で食料品を調達しているケースが多いのだろう。こうした地域でケーキ屋を開くのは大変だ。

スマホを鞄（かばん）に仕舞い改めて空き店舗を眺めた。

私だったらここで商売はしない。だが洋一はここですると決めた……やれやれ。

その時、洋一の声が聞こえてきて、正人は顔を右に向けた。

洋一が男と話しながら正人に近付いて来る。

そして正人に気付くと洋一は足を止めて「来てたんだ」と言った。

洋一は男を店舗デザイナーだと正人に紹介した。打ち合わせが終わったところだという。

そのデザイナーは挨拶を済ますとすぐに、バイクで走り去った。

正人は尋ねる。「準備は順調なのか？」

洋一が「そうだね」と頷いた。「スケジュール通りに進んでるよ」

そうなのか。あぁ、そうだろうな。洋一は小学生の頃から計画を立てて、その計画通りにやり通す子だった。夏休みの初日にまず宿題の全体量を調べて、一日にどれだけ勉強すればいいかを割り出した。それを元に毎日のスケジュールを立てていた。そしてその自分に課したノルマを着実にこなした。

一方の玲二ときたら。正人と早苗が宿題をしろと口を酸っぱくして言っても、あれこれ理由を挙げて手を付けず、毎年新学期が始まる三日前ぐらいになって、ようやくやり始めた。そのせいで最後の三日間は食事や寝る間も惜しんで、ぶっ通しで宿題をする羽目になっていた。それで終わる訳はなく、恐らく早苗が随分と手を貸したのだろう。

二人はそんなに物事の進め方が違うのに、成績は似たり寄ったりだった。真面目に勉強しているように見えた洋一は、一体全体なにをしているのかと不思議でしょうがなかった。要領が悪かったのだろうか。

洋一が「どう思う?」と言って空き店舗を指差した。

口を開きかけてはっとした。

ダメだ。ここで自分の考えを言っては。失敗もいい経験になると北川も言っていた。

正人は自分の口の前でチャックを閉じる真似をした。

そうしてから言った。「そういう質問に答えてしまうと、フェアじゃなくなるからな。洋一が思うようにやればいい」

「そう」

「だが私から質問するのはルール違反じゃないからな。どういった品揃えにするつもりなんだ?」

「スタンダードなものを用意するつもり」

「そうなのか?」

洋一は言う。「奇をてらったものを作っても、こういう普通の住宅街では、受け入れて貰えないかもしれないからね。結局、苺のショートケーキや、チョコレートケーキが売れると思うんだ」

それじゃ、苦戦するだろう。

正人はそう言いたくなったが堪えた。

正人は空き店舗に目を向ける。

コーヒーの空き缶がコロコロと転がって来た。そして店の前で止まった。

六

なんだって、ここなんだ?

正人は閉店したラーメン店を眺める。

玲二はここに店を開くという。

正人は振り返った。

片側二車線の国道をたくさんの車が走っている。

ここは車の交通量は多いが駅からは遠い。地図アプリによれば、最寄り駅から徒歩だと二十分は掛かる場所だった。

店の左右には五階建てのオフィスビルがあり、その右隣には耳鼻咽喉科の医院があった。そして少し先にファミレスの看板が見える。住宅は少なめなエリアだ。

ラーメン店の前には、十台ぐらい停められそうな駐車場があった。

このラーメン店は車客を相手にしていたのだろう。まさかこうした立地の店舗を、玲二が選ぶとは想像していなかった。玲二のことだから、海の近くの店を選ぶだろうと決めて掛かっていた。そしていい波が来たといって、店を離れて海に行ってしまうだろうと、そんなことまで予想していた。だが玲二が選んだのは、C県の内陸にある国道沿いの店だった。海からはかなりの距離がある。

正人は腕時計に目を落とす。

玲二と約束した時間になったが、あいつのことだから遅れて来るのだろう。

店の横にある自動販売機でアイスコーヒーを買った。

ひと口飲んでコーヒーと、その冷たさを味わう。

今日も暑くなりそうだ。

スラックスのポケットからハンカチを取り出して、額の汗を拭った。

七月に入ってから暑い日が続いていた。ケーキ店は夏に売上が落ちる。暑くなるとケーキよりもアイスの方を食べたくなるらしい。更に気温が上がって猛暑日になると、クリームの量が多い柔らかいアイスよりも、かき氷アイスの方が売れるという。より強く冷たさを感じられるものを求めるのだろう。だからケーキ店は毎年冷夏になるよう祈っている。

アイスコーヒーを飲み干して、空き缶をゴミ箱に捨てた。再び腕時計を見た。

約束の時間から十五分が過ぎている。

明日お前が借りる店を見に行くと正人が告げると、だったら合流して近くでなんか食おうよと言い出し、時間を指定したのは玲二なのだが。

玲二は遅刻の常習者だ。ルージュで働き始めた頃も遅刻が多かった。何度注意しても遅刻は減らなかった。他の社員に示しがつかないので、玲二には特別厳しいルールを課した。二回の遅刻で一日分の減給にした。途端に遅刻しなくなった。そういう罰を与えなくては、規定時間までに出社出来ないというのが、なんとも情けない。

午後〇時二十分になって玲二が到着した。

玲二は正人の車の隣に、自分の車を横付けした。

車を降りた玲二が言う。「遅れてごめん」

「相変わらずだな」

店を指差した。「どう思う？」

「そういう質問には答えられんのだ。フェアじゃなくなるからな。車客を相手にするつもりなのか？」

「そう」玲二が頷いた。

「どういう品揃えにするんだ？」

「プリンの専門店にする」

「プリンだけにするのか？」

「そう」

「他のケーキは一切なしか？」

玲二は笑みを浮かべて「一切なし」と言い切った。

これは博打に出たな。アイデアとして悪くはないが、専門店だと客の期待値がかなり高くなるのがネックだ。ちょっと美味しいぐらいでは満足してくれないだろう。客の期待を大幅に上回る味で勝負しなくてはならない。

正人は尋ねる。「そのプリンのレシピは完成したのか？」

「まだなんだよねぇ。色々と試作をしているんだけど、これだってところまで辿り着けてなくてさ」

「それは製菓衛生師と一緒に、商品開発をしているということか？」

「いや、典子ちゃんはそういう資格はもってない。資格はもってないけど料理が上手なんだよ。だから頼んだんだけど、やっぱり最高級のプリンにしなくちゃダメだからさ、難しいみたいなんだよね」

「一体誰なんだ、それは」正人は尋ねた。

「典子ちゃん？　サーファー仲間の奥さん」

「資格はなくても、洋菓子店で働いた経験のある人ということか？」

「いや、働いたこともない。二十代の頃にライターをしてて、スイーツの記事を書いていたことはあったらしい」

なんだよ、それは。思わず大きな声を上げそうになったが、ぐっと堪えた。

店の命運を決める大事なレシピ作りを、素人にやらせているとは。この勝負を遊び程度に考えているんじゃないのか。食べた味について書くのと作るのじゃ、大違いだ。そんな素人と開発して、客が満足するプリンを作れるとは思えない。

玲二が自動販売機を指差した。「そこにプリンの自動販売機を置くつもりなんだ」

「今、プリンのと言ったか？」

「言った。そうすれば二十四時間売れるからね」

「店はいつオープンするんだ？　洋一の方は二週間後にオープンするらしいぞ」

「そうなんだ。さすが兄貴。計画通りに進めているんだね。こっちはまだ時間が掛かりそうだよ。内装のデザインもこれからつめる段階だし。なんせプリンの味がまだ完成してないからね。ま、早くオープン出来るよう頑張るよ」

「洋一と連絡を取り合っているのか？」

「兄貴と？　いや、全然。取らないよ。だって戦ってる相手だよ」と玲二は言うと、親指と小指を立てて受話器に見立て耳に当てる。「もしもし。そっちは順調？　なんて対戦相手に電話して仕上がり状態を聞くのって変じゃん」

「まぁ、そうかもしれんが」と正人は答えた。

二人はこのガチンコ勝負が終わった後で、どんな結果になっても、ノーサイドにしてくれるだろうか。

玲二が気軽な調子で言う。「腹が減ったよ。なんか食いに行こうよ。この通りを真っ直ぐ四、五百メートル行ったところに、旨いラーメン店があるんだ。潰れずに生き残ってるラーメン店。そこでどう?」

正人たちはその店に行くため、それぞれの車に乗り込んだ。

七

チェック柄の蝶ネクタイをした北川が「お客さんで混んでますね」と言った。

正人は頷いた。「そうですね」

八月一日の今日、洋一の店はオープンした。午前十時に開店すると続々と客が店にやって来た。近所の住宅にチラシをポスティングした成果だろう。玲二の方は開店までには、まだまだ時間が掛かりそうだった。

正人と北川はオープンの三十分ほど前から、少し離れた場所に陣取り、その様子を眺めているところだった。

店の前には開店祝いの花輪が四つ置かれている。出入り口のドアの上にある看板には、筆記体でｙｏｕｉｃｈｉと書かれていた。

北川が言う。「それじゃ、顔がバレていない私が客として買いに行ってきますね」

「お願いします」

北川は「買うのは苺のショートケーキと、チョコレートケーキと、チーズケーキと、モンブランの四種類ですね」と確認してから店に向かった。

ガラス扉越しに優子が接客しているのが見える。

女性客に向かってなにか説明をしていた。

頑張ってくれているようだ。あんなに喋（しゃべ）っている優子を見るのは初めてだ。

優子は口が重い人だ。こちらから尋ねて発言させるように仕向けないと、ずっと黙り続けている。自ら口火を切ることは決してない。洋一との結婚前に、優子とその両親とで会食をしたことがあった。彼らも寡黙だった。黙々と中華料理を食べていた。あまりに喋らないので、結婚に反対しているのかと確認してみると、とてもいい話で喜んでいると答えた。どうやらそれが彼らにとっては普通の状態のようだった。静まり返る会食の席で、早苗だけがあれこれ喋った。そのお蔭でその場が少し明るくなった。あの時ほど早苗のお喋りを、有り難く感じたことはなかった。

あの優子が店のため、洋一のために、言葉を発して接客している――洋一は優子に感謝しなくてはいけない。

北川が戻って来た。

手にはケーキの箱を下げている。

正人たちはコインパーキングに向かった。

店から百メートルほどのところに、二台だけ停められるコインパーキングがあり、そこに正人の車を停めていた。

車に乗り込むと、北川がケーキの箱を恭しく自分の頭の高さまで持ち上げた。

そうしてから正人に差し出した。「息子さんのケーキです」

正人は白い箱を開けた。

四つのケーキが収まっていた。

これは……地味過ぎる。こんなに地味なケーキは最近じゃ滅多に見掛けない。四つともデコレーションはほぼなかった。ショートケーキには一応苺は載っているが、クリームの上にただ一つあるだけだ。貰った人に箱を開けた時にわぁと言わせるのが、ケーキに求められていることの一つだと思うのだが。

正人はグローブボックスから使い捨てのフォークを取り出し、一本を北川に渡した。

北川が「用意がいいんですね」と言った。

「車内でよその店のケーキを試食することがありますので、使い捨てのフォークとスプーンは常備しているんです。それでは味見をしましょう。どれも半分ずつ食べましょう。それで感想を聞かせてください」

「承知しました」

正人は苺のショートケーキにフォークを突き刺した。そうしてひと口分を口に入れる。味わっているうちに涙腺が緩みそうになる。

フツーだった。あまりにフツーの味で個性がなかった。

この程度なのか。情けなくて泣けてくる。

チョコレートケーキを食べている北川に尋ねる。「どうですか？」

「美味しいです。ただの素人の感想で恐縮ですが、お世辞抜きで美味しいと思います」

「そうですか。接客はどうでしたか？」

「私を担当してくださったのは、洋一さんの奥様だと思いますが、丁寧に一生懸命接してくださっていると感じました。どれがお薦めですかと聞いてみたんですよ。そうしたらちょっと困った顔をされて、全部なんですけどと小声で仰って、その様子が可愛らしかったです。それから恥ずかしそうに小さな声で、苺のショートケーキにしますと言ったら、ほっとしたような顔をされてましたね。私が、じゃ、苺のショートケーキはいかがですかって薦めてきたんです。慣れていないながらも頑張っている姿がなんだか微笑ましくて、好感のもてる接客でした」

正人はベイクドチーズケーキを食べ、チョコレートケーキを口に入れた。

こちらもフツーだった。北川はお世辞抜きで美味しいと言ったが、私の舌は誤魔化せない。

モンブランをフォークで掬った。口に運ぶ。

ん？　これは……んー。この栗のクリームはルージュの味にかなり近い。どうやら、これだけは頑張ったようだ。だがクリームの味を引き立てるようなスポンジではないため、せっかくのクリームの個性が大幅にダウンさせられている。結局、これも平凡なモンブランに成り下がっていた。

四種のケーキを食べた後で正人は「レシートはありますか？」と尋ねた。

北川から受け取ったレシートで、正人は値段を確認する。苺のショートケーキは六百七十円。チョコレートケーキは六百五十円だった。

小麦粉も卵も安い物を使っている。牛乳と砂糖は並ぐらいのものだろう。コストを削減しようと安い食材を使いながらも、味の善し悪しがわかり易い牛乳と砂糖を、中級程度のものにすることでカモフラージュしている。七百円を超えるケーキ専門店が多い中で、六百円台のケーキはお手頃な価格帯ではあっても、この味では……。

それに相場よりはいくらか安くても、ドーナツなら四個買えるし、コンビニスイーツも二、三個は買えてしまう価格だ。

北川が最後の一つとなった、苺のショートケーキを口に入れた。「これも美味しいです。どれも美味しかったです。甘さがしつこくないせいでしょうか、半分ずつとはいえ四種類のケーキをペロリといけました。甘党ではない私がですよ」

「…………」

「社長さんは私とは違う感想をおもちのようですね」

正直な感想を口にする。「不味くはないですね。でもフツーです。外見も地味ですし。食べた記憶が一瞬で消えてしまうケーキです。それだと二度目の購入に繋がりません。ただ、商売はなにが当たって、なにが外れるのか、予測するのは難しいです。だからもしかしたら、この店も上手くいくかもしれません。私の読みが外れるのを祈るといったところですな」

この勝負は渡した資金内で店を運営するのが条件なので、借金は認めていない。運転資金がゼロになったら、そこで負けが確定し店を閉める約束だった。

正人は次の目的地に移動するため、駐車場から車を出した。S県に新しく出来たショッピングモールを、北川と視察するつもりだった。

正人は車を駅の南口に向ける。

案の定踏切の遮断機は下りていた。

助手席の北川が言う。「洋一さんがいらっしゃいますね。あそこに」

北川が指差す方へ正人は顔を向けた。

洋一が踏切の向こう側でチラシを配っていた。背の高い洋一が一人ひとりに頭を深く下げて、チラシを受け取って貰おうとしている。だがなかなか受け取って貰えない。それでもめげずにチラシを配っていた。

正人の胸が震えた。

あの子はあの子なりに精一杯やっている——。そうか。そうだったか。一生懸命やっているんだな、お前は。チラシの一枚ぐらい受け取ってくれてもいいのにな。

はっとした。今、私はただの父親になっていた。

社長と父親を両立させるのは難しいもんだ。

正人は今更ながらそんなことを思った。

遮断機が上がり正人はアクセルを踏んだ。踏切を渡り、そのまま直進した。

バックミラーにチラシを配る洋一が映っている。

その姿がどんどん小さくなっていく。そうして見えなくなった。

大通りに出ると軽トラの後ろを走る。

しばらくして北川が言い出した。「僭越ながら申し上げれば、オフィスで息子さんたちとどれだけ長い時間を過ごしたとしても、そこでわかるのは一つの面だけではないでしょうか。だからこそどちらを後継者にするかで、悩んでしまわれるのだと思います。経営には様々なスキルが必要です。息子さんたちにどんなスキルがあるのか、どこが弱いのか、そういうことを多角的に知るには、今回の勝負がベストな方法であると、私は確信しています」

自信満々だな。まぁ、確かにこの勝負が始まってから、息子たちのいろんな面を知った気はするが。ただ……どちらも失敗するという可能性もある。運転資金がゼロになるのが早かったか、遅かったかで、後継者を決めたなんて寂しい筋書きには、なって欲しくない。

正人はウインカーを出した。右車線に移りスピードを上げた。

八

なんだ、あれは。

運転席の正人は目を剝いた。

国道沿いの歩道にプリンと書かれたのぼり旗が、等間隔で何本も並んでいる。

「これはこれは」と助手席の北川が楽しそうな声で言う。「プリン祭りですね」

二十本ほど続いたのぼり旗の先に、玲二の店の入り口があった。

正人は店の前の駐車場に車を入れた。

洋一から遅れること一ヵ月半。九月十五日の今日、ようやく玲二の店がオープンする。そこで北川を誘って様子を見に来たのだ。

洋一の店は意外なことに順調に売上を伸ばしていた。

正人たちは車を降りた。

駐車場を囲うように、ここにもプリンと書かれたのぼり旗が並んでいる。黄色い地に茶色の文字は、プリンをイメージしたデザインだろう。

国道を走る車にアピールしたいのだろうが、ちょっとやり過ぎだ。

軒先テントは黄色と茶色の細い斜めストライプ柄だった。そして看板には一番プリンと屋号が書かれていた。

開店直前だというのに駐車場に停まっているのは、正人の車の他には二台だけだった。

三人の男たちが駐車場から店の外観を、スマホで撮影している。

三人とも日焼けしていて茶色い髪をしているので、玲二のサーファー仲間かもしれない。

玲二は子どもの頃からいつも友人たちに囲まれている。

そういえば、あれは玲二が中学生の時だった。学校から呼び出されたことがあった。正人が校長室に入ると、小さくなっている玲二がいた。部屋には男の校長と、玲二の担任の女性教諭もいた。

玲二が放課後に調理室に忍び込み、コッペパンを揚げていたという。部屋には大量のコッペパンと砂糖があったため、自分が食べるために揚げていたとは考え難かった。そこで校長が玲二を問い詰めたところ、コッペパンを揚げて砂糖をまぶしたものを、コッペパンの購入額より十円高くして、生徒たちに売っていたと白状したと明かした。

正人は驚き、玲二に本当なのかと確認した。すると玲二は頷いた。正人が「どうしてそんなことを学校でしたんだ」と聞くと、「揚げたての方が旨いから学校で揚げた」と答えた。

校長は言った。一人でやっていたとは思えない。一緒にやっていた生徒がいるのではないかと聞いているが、本人は一人でやっていたと主張していると。

正人が一人でやったのかと尋ねると、一人でやったと玲二は言い放った。

その時、正人はほっとした。

玲二がしょうもないことをしていたのには呆れたし、この子は一体どんな大人になるのかと心配にもなったが、友人を売らないこの子は、多分大丈夫だろうと思えたのだ。

正人は校長に言った。「本人がそう言っているので、一人でやったことでしょう。深く反省しているようですし、二度とこのようなことはさせません。申し訳ございませんでした」と。

正人は頭を下げたが校長は不満そうだった。だが担任が取り成してくれて事なきを得た。

家路の途中で正人が「もうするなよ」と言うと、玲二は素直に「わかった」と答えた。

正人が「友達を売らなかったのは偉かったな」と言葉を掛けると、玲二は驚いたような表情を浮かべた。そして正人にバレていたとわかった玲二は、その瞳をいたずらっぽく光らせた。

岡村家の前には玲二と同じ制服姿の男子四人がいた。心配して待っていたのだろう。正人は先にお母さんに報告しておくからなと告げて、玲二を残して家に入った。

あれから二十年近く経ったが、玲二は相変わらず友人たちに囲まれているようだ。

正人は店のガラス窓越しに中を窺った。

玲二の姿はなく、客もいない。加恋がスマホで自撮りをしていた。

北川にプリンを二個買って来て貰い、正人たちは車内で試食を始める。

プリンは大きめのガラス製の容器に入っていた。

プラスティック製のキャップを外して、スプーンでプリンを掬う。そして口に入れた。

えっ……これは……旨いぞ。

急いでもうひと口食べた。

深みのある旨味が口の中に広がる。かなりしっかりとした甘みのあるプリンだった。

卵、牛乳、砂糖、どれも最高級のものを使っているようだ。そうでなければ、これだけの味は出せない。

北川が感動したような声で言った。「旨いですねぇ、これ。ガツンと甘いのですが嫌みがないというか。うん、これは旨いです」

「このプリンはいくらでしたか？」

「一個五百円でした」

五百円か。プリンの相場からすると高めだ。だがこれだけの材料を使っていれば、そうせざるを得ないのだろう。

正人は尋ねる。「メニューは本当にこのプリンだけでしたか？」

「はい。他の商品はありませんでした。ショーケースにプリンだけが並んでいました」と答えた後でしみじみとした口調で続けた。「しかし旨いなぁ。玲二さん、頑張りましたね」

確かに旨いプリンだ。だが開店日だというのに客はいない。駐車場にいるのは玲二の友人らしき者たちと、正人たちだけだった。やはり立地に問題があるのだ。どれだけのぼり旗を立てても、プリンのためにわざわざ車を停めて、買おうとは思わないのだろう。駅からは遠いので、帰宅途中の立ち寄り購入も期待出来ない。

その時、駐車場に玲二の車が入って来た。

玲二は正人の車の隣に停めた。降車すると友人らしき男たちに手を振る。

そうしてから正人の車の横に立った。

腰を屈（かが）めて運転席の窓枠に手を掛けて車内を覗くと、北川に向けて「こんにちは」と挨拶した。

北川は「こんにちは」と挨拶を返すとすぐにプリンの容器を持ち上げる。「これ、美味しいですよ。お世辞抜きでね、凄く美味しいです」

玲二が嬉しそうな顔をした。「そう言って貰えると嬉しいなぁ。この味に辿り着くまで大変だったんですよ。社長は？　どう思った？　あっ。それ聞くの、ルール違反？」

正人は「味についてのコメントは……どうだったかな？　ルール違反でしたっけ？」と北川に尋ねた。

北川が答える。「いいんじゃないですか、味の感想を呟くくらいなら。こういう作り方にした方がいいとか、これを使った方がいいとか、そういう具体的なアドバイスをしたら、不公平になってしまうでしょうが感想だけなら」

正人は「そうですか」と言った後で、玲二に向けて「旨いよ。賞が取れそうな味だ」とコメントした。

玲二が目を真ん丸にする。「マジで？」

正人は頷いた。「あぁ。いい材料を使って丁寧に作っているんだろう。旨くて驚いているよ」

玲二は少しの間、ぼんやりした顔をした。

それから突然「旨くて驚いてるって？」と正人の言葉を繰り返すと身体を起こす。

そして友人らに向かって大きな声で「プリンを食べた親父が旨くて驚いてるって」と報告した。

友人たちからは「イェーイ」と言う声が返ってきた。

玲二が再び中腰になって窓枠に手を掛けると、にかっと笑った。

そして言った。「俺史上一番幸せな日だ」

正人は質問した。「チラシは配ったのか？」

「チラシって？」玲二が聞き返す。

「近所の人たちに開店を知らせるチラシだよ」

「そういうのはやらない。っていうか、そういうのに回せる金はない。ＳＮＳで友達が広めてくれるって言うから、宣伝はそれで」

そんなことで大丈夫なのかと言いそうになって、慌てて口を閉じる。私は口出しをしてはいけないんだったな。たとえ危なっかしく思えたとしても。

玲二が店に目を向けて「ＳＮＳを見たお客さんが来てくれるよ。今日じゃないかもしれないけど、きっと」と言った。

その横顔はいつになく真剣そうだった。

それから正人たちは一時間ほど、駐車場で店の様子を窺った。だが、客は一人もやって来なかった。

次の予定が入っていたため、正人は車を駐車場から出した。北川が希望する駅まで送るため、国道を北に向かう。

北川が口を開いた。「息子さんたちの勝負は、どういう結果になると予想されていますか？」

「わかりません。北川さんはどう予想しているんですか？」

「わかりません」

「そうなんですか？　北川さんには予想が付いているのかと思っていました」

「どうしてですか？」北川が聞く。

「これまでの経験がおありでしょうから」

「こういう勝負で後継者を決めるのは初めてで、経験はありません」

「えっ」驚いて、思わず顔を助手席に向けた。「初めてだったんですか？」

「はい」北川がしれっと答えた。

「その割には自信たっぷりでしたよね？」

「私が不安そうだと説得力がないですからね、演技をしてました」

演技……私はすっかり騙されたのだろうか。

北川が続ける。「私はいつも、やってみる価値があると考えたものを提案しています。提案をすると、勝算はあるのかとよく聞かれます。ですが、ビジネスの世界で絶対とか、確信とか、確実とか、そんな風に断言できるケースはないと思っています。新しいことをやるにせよ、従来通りにするにせよ、なんらかの不安材料はあるものです。どんな業態でも、どんな規模の会社でも。ですから、まずはやってみましょうと提案します」

「それで、皆、北川さんの提案に乗りますか？」

「乗る方も、乗らない方も、両方いらっしゃいます。人の会社だと思って好き勝手なことを言うなと怒る方もいらっしゃいますよ」

「そういう時はどうするんですか？」

「はい、私の会社ではありませんと答えます」

正人は言った。「そんな……火に油を注ぐようなことを？」

「はい。それはそれは勢い良く燃え上がりますね。それで私との契約を解除する方もたくさんいらっしゃいます」

「たくさん？　それでいいんですか？」

「はい。それも社長さんの判断ですからね」

前の車が停まり、正人はブレーキを踏んだ。

テールランプの横にもみじマークが付いている。

正人は尋ねた。「中小企業診断士になろうと考えたのは、どういうきっかけだったんですか？」

「役者をしていたんですが、それじゃ食えないので、色々なバイトをしたんです。新しいバイト先に行くと、いろんなことが気になる性質(たち)でして。ここをこうしたらもっとお客さんが喜ぶのにとか、こうしない方がいいんじゃないかとか、そういういろんなことがです。それで上司に言ってみるんです。なるほどなと、私の意見を採用する上司もいましたし、バイトの分際で生意気なんだと怒る上司もいました。私の意見が採用されたケースで、結果が出たりすると、上司が凄く喜んでくれるんですよ。こっちも嬉しくなって。そのうちに人づてで相談を持ち掛けられるようになったんです。これはちゃんと資格を取っておいた方がいいなと思いまして、それで資格を取りました」

「そうでしたか」

「社長さんはギャンブルはされますか？」

「いえ。私はやりません」と正人は答えた。

「そうですか。私は嗜む程度にします。私は会社の経営は博打だと思ってるんです。わかりませんよ。なにが当たって、なにが外れるかなんて。新製品が売れるか、売れないか、会社の経営が続くのか、誰にもわかりません。わからないながらも、毎日丁か半か決めて、商売を続けるんです。これぐらいの腹の括り方をしないと、経営なんて出来ません。社長さんは無意識かもしれませんが、毎日博打をしているんですよ」

「…………」

「私の第一印象はどんなでしたか？」

「どんなというのは？」正人は聞き返す。

「どうぞご遠慮なさらずに、正直に言ってください。よく胡散臭いとか、詐欺師が本性を隠すために蝶ネクタイをしているようだとか言われるんです。社長さんも私のことを、そんな風に思いましたか？」

「……まぁ、そこまでではないですが。想像していたのとは違うなとは思いましたね」

「演技です」

「演技？」

「はい。元々経営は博打です。私が提案するのも、博打のようなものです。さぁ、丁か半かどっちに張りますかって、話をする時に真面目な顔のオジサンじゃ、どうにも収まりがつかないですからね。敢えて。敢えて、胡散臭い男を演じているという訳なんです。本当の私は素直で爽やかなオジサンです」

どんな顔でそんなことを言っているのかと、正人は顔を助手席に向けた。作ったような完璧(かんぺき)な笑みを浮かべていた。

やれやれ。

九

「どうしましょう」と早苗が言った。

正人は尋ねた。「どうした？」

「欲しいものがないわ」

びっくりして「どこか具合が悪いのか？」と聞く。

早苗が首を左右に振った。「具合は悪くないんですよ。年のせいです。この年になると必要なものはもう持ってますでしょ。たくさん数が欲しいという物欲もありませんのでね」

「だが今日はそれじゃ、困るよ」

「そうですよね。私もそう思って一生懸命探してはいるんですけれど」

そう言って早苗が困ったような顔をした。

三月十五日の今日は早苗の六十三歳の誕生日だった。例年のように、正人は早苗と二人でデパートにやって来た。早苗自身にプレゼントを選んで貰った方が、失敗せずに済むからだ。買い物が済むとデパートの近くの寿司店に移動する。息子たち家族と合流し、皆で寿司を食べて祝うのが恒例になっていた。

早苗が口を開く。「お父さん、屋上に行ってみませんか？」

「屋上に欲しいものがありそうなのか？」

「それはわかりません」と答えると歩き出した。

エレベーターに乗り屋上に出た。

人工芝の上に白いテーブルと椅子が並んでいた。そこに十人ほどがいて、くつろいでいる。ビルに囲まれてはいるが、空が見えるので開放感があった。水槽が並ぶ一画があり、その中ではたくさんの魚が泳いでいた。

早苗が「座りましょう」と言うので、正人は向かいの席に着いた。

「昔はここでカートに乗れましたよね」早苗が風に乱された自分の髪を手で押さえる。「今の子はカート遊びをしなくて、それで止めたんでしょうかね」

「どうだろうな」

ガチャンガチャンと音がして正人は顔を右へ向けた。

男性作業員が自動販売機に飲み物の容器を落とし入れて、補充していた。

早苗が質問した。「息子たちのお店はどうなんですか？」

洋一の店がオープンして七ヵ月半になる。開店した八月は、ケーキが売れない月であるにも拘わらず、驚くような売上を上げていた。だが翌月になると売上はガクンと落ちた。赤字にはなっていないが、純利益額は微々たるものだった。そんな状態がずっと続いている。

一方の玲二の店は開店して三ヵ月間は苦戦していた。だが四ヵ月目から売上が急激に上がった。店舗だけでなく、自動販売機での販売も通販も好調だった。純利益額のこれまでの合計額は、洋一の店の三倍ほどになっている。

正人が現状を説明すると、早苗は「仲直りプリンが成功したのね」と言った。

「なんだ？」と正人は聞いた。

「喧嘩をした後で仲直りをしたい時に、一番プリンをプレゼントするといいと、ＳＮＳで発信したと玲二が言ってました。美味しくてちょっと贅沢な一番プリンを貰ったら、機嫌が直って許す気になるからだと、そういう宣伝をしたんだそうです。それを仲直りプリンと名付けたそうなんです。それが成功したのかもしれませんね。洋一はピンチですね」

「そうだな」

正人にもピンチの時があった。

父親が他界した後、譲り受けた二店舗だけで満足するのではなく、挑戦したいと思った。それで三店舗目を出した。上手くいった。これに味を占めてすぐに四店舗目を出した。

ところがその店はなかなか軌道に乗らなかった。十二分に吟味して決めた立地だったが、なかなか売上を伸ばせずに苦しんでいたところに、全国規模の有名ケーキチェーン店が近くにオープンした。そこはすべての品がルージュのものより安く、客は奪われた。

初めてのピンチだった。撤退を考えた。だがライバルが出現する度に尻尾(しっぽ)を巻いて逃げていたら、出店する場所なんかなくなってしまう。ライバルと堂々と戦い勝たなければ、店の未来はないと自分を奮い立たせた。そして父親から受け継いだレシピは変えず、材料も変更しないと決めた。それまでの商売を信じて、なにも変えないと決断したのだ。

辛抱すること二年。客足は少しずつ増えて利益を出せる店になった。

上手くいかなかった時、自分がやってきたことを信じ続けるのは難しい。不安の余りあれこれ弄(いじ)って変えたくなる。変えた方がいいケースもある。だが変えないと決断する勇気が必要な時もある。

早苗が口を開く。「洋一はピンチを乗り越えられるでしょうか?」

「それはわからんな」

「私たちにもピンチがありましたね」

「四店舗目のことを言っているのか?」

「そうじゃありません。私たち家族のピンチです」

「家族のピンチ?」正人は繰り返した。

「私、辛くて、子どもたちを連れて家を出たことがあったんですよ」

目を丸くした。「それはいつのことだ?」

「大昔です。二十年以上前です。家の中のことは私の仕事ですね。そう思って頑張っていましたけれど大変なんですよ。二人の子どもを育てるのは。その上お義母（かあ）さんの介護もすることになりましたからね。昔はヘルパーさんだとか、ケアマネさんなんて一般的じゃありませんでした。お義母さんの介護は嫁の仕事ですね。それはわかっていましたよ。でもいろんなものが胸に溜（た）まってしまって、もう限界だと思ったんです。鞄に服を詰めて洋一と玲二を連れて家を出たんです。実家に行ってしまっては親に説得されて、戻されてしまうでしょうから、ひとまずどこかホテルに泊まろうとしたんです。でもホテルのフロントで泊まりたいと言うのも、なんだか恥ずかしくて。いかにも家を出てきた女という感じでしたからね、私は。ホテルの人に家出人だと思われるのに、抵抗があったんです。それでここに来たんです」

「ここに？」

早苗が頷く。「二人がカートに乗って遊んでいるのを眺めながら、これからどうしようか考えたんです。ちゃんとした計画があって、家を出た訳じゃなかったんです。衝動的に家を出たので、次にどうすればいいのか自分でもわかっていなくて。日が暮れて急に心細くなってきたんです。そうしたら洋一と玲二が、カレーが食べたいと言い出したんです。デパートに入っているお店で、カレーを食べようかと私が言うと、違う、お母さんのカレーがいいと口を揃えるんです。あの子たち、幼いながらになにかを感じていたのかもしれません。それじゃ、カレーの材料を買って、家に帰ろうかと私が言ったら、二人は嬉しそうな顔をしたんです。その顔を見たらこの子たちを哀しませちゃいけない、もう少し頑張ろうと、そう思ったんです。ピンチをあの子たちが救ってくれたんです。子どもたちと家に戻って、私の家出は未遂で終わりました」

「全く知らなかった。大変な思いをさせてすまなかったな」

目を伏せて小声で呟いた。「意地を張らずに愚痴を零せば良かったんですかね。そうしたらお父さんは、今と同じ言葉を言ってくれたかもしれないのに」

どうだろう。あの頃の私は――もう一軒、もう一軒と、店を増やすことに夢中になっていた。毎日遅くまで仕事をしていたし、休みもほとんど取らなかった。当時、もし早苗から限界だと言われたら、私は仕事への意欲に急ブレーキを掛けられただろうか。それともなんとかしろと言い放ち、苦しんでいる早苗をそのままにしただろうか。

息子たちへの事業承継はすぐには終わらない。北川からはおよそ十年掛かるだろうと言われていた。それからようやく私のリタイア生活が始まる。それからでも罪滅ぼしは間に合うだろうか。

早苗が言い出した。「このままだと会社を継ぐのは玲二になりますね」

「そうなるな」

「玲二が社長になると、洋一は副社長ですね。それでルージュは上手くいくんですか？」

「この勝負をさせずにどちらかに決めていたら、後味が悪いことになっていただろうが、勝負で出た結果なら受け止めざるを得んだろう。勝負の決着がついて社長が決まったらノーサイドだ。二人で力を合わせて会社を引っ張って貰おう」

「ノーサイド」早苗が繰り返した。「出来ますか？　あの子たちに」

早苗の問いに正人は答えられなかった。

屋上を出て一階に下りる。そこで早苗はピンク色のスカーフを選んだ。

寿司店に行くとすでに奥の座敷に皆が揃っていた。

例年通り上座に正人が座り、その斜め横に早苗が座る。

早苗が目配せをしてくるので、正人は洋一と玲二の様子を窺った。

玲二はいつものようにリラックスした様子で、加恋と喋っている。

一方の洋一は硬い表情で座っていた。その隣の優子は湯呑みを両手で包むように持っているものの、茶を飲むでもなく、じっとしていた。この二人の間に航也が大人しく座っている。

しばらくして洋一が玲二に言った。「順調らしいな」

玲二が頷く。「そうなんだよねぇ。一度こっちの店に来てみたら？　なんかの参考になるかもよ」

「なんでお前の店を参考にしなくちゃいけないんだ？」洋一が食って掛かる。

「そっちの店の売上が全然伸びてないからだよ」

「そっちだって今はいいが、いつ客に飽きられるか、わからないぞ。売っているのはプリンだけなんだからな」

「なんだよ。やっかみ？　たくさんの種類のケーキを扱ってたって、プリンだけの店に負けてる癖に」

「煩い」洋一がムッとした顔をした。

「兄貴はどうするの？　このままだと俺が勝って社長になっちゃうよ」

早苗が割って入った。「およしなさい。玲二は子どもの頃からそうなんだから。お兄ちゃんを揶揄(からか)わないの」

玲二が笑いながら言う。「じゃれあってるだけだよ。な、兄貴。俺、兄貴のこと好きだもん。で？　挽回策(ばんかい)はあるんでしょ。これからどうするの？」

「なにもしない」と洋一が答えた。

「えっ？」玲二が驚いた顔をする。

「玲二のところと比べたら純利益額は低いが、僕の店に客が来てない訳じゃない。小さい商売だけど赤字ではないんだ。だから変えない」

早苗が「それでいいの？」と尋ねた。

洋一が早苗に向けて「僕が負けると決まった訳じゃない」と言う。「玲二の店がずっとこのまま売上を伸ばしていくかは、わからないんだから」

それから洋一は玲二に顔を向けた。「お前はいつもそうやって僕を揶揄って、笑って——僕がやっていることを——一生懸命やっていることを馬鹿にして——僕を退屈だとか、つまらないだとか言って馬鹿にするんだ。いっつもそうなんだ、お前は」

玲二が「そんなことは」と反論しかけたが、洋一が言葉を遮ると言い出した。

「煩い。昔からずっとそうだった。僕はお前のそういう態度をずっと我慢してきた。させられてきたんだ。お前が悪いことをしたから喧嘩になってるのに、いっつもお兄ちゃんなんだからと、僕だけが怒られたんだ。僕は兄として生まれたかった訳じゃないんだからな。時間にルーズでだらしないんだ、お前は。それなのにお前は許されるんだ。僕は許されないのに」

険悪な空気が座敷を覆う。

加恋は目をパチクリさせていて、優子は哀しそうな顔をしている。

そして早苗は責めるような視線を正人に向けた。

正人は洋一の本音を初めて聞いた気がした。これほど鬱屈したものを抱えていたとは。早苗が言うように私は子どもたちのことを、よくわかっていなかったようだ。

突然、航也が「ばあば」と大きな声を上げた。

そして「おたんじょうびおめでとう」と言って早苗に画用紙を渡した。

そこには早苗らしき人がクレヨンで描かれていた。

早苗は大喜びし一気に場の雰囲気が柔らかくなる。

「見せてよ」と玲二が言った。

画用紙は早苗から玲二に渡った。

玲二が「上手だな」と褒めた。

そして「今度は叔父さんも描いてよ」と言うと、「いいよ」と航也が答えた。

加恋が口を開いた。「お義母さん、この絵をTシャツにプリントしたらどうですか?」

早苗が目を見張る。「あら、そんなこと出来るの?　やってみようかしら」

すると航也が「ボクの絵、Tシャツになるの?」と聞いた。

早苗が「凄く素敵だからね。Tシャツにしてもいい？」と航也に確認した。

「いいよ」と元気よく答えた航也は嬉しそうな顔をした。「ボクね、みんなの絵を描くよ」と宣言した。

今日のピンチを救ってくれたのは航也だった。

十

正人は洋一の店を眺める。

店の向かいの通りから中の様子を窺っていると、店内から小学一、二年生ぐらいの男の子と、その祖母らしき人が出て来た。

女は左手でケーキの箱を持ち、右手で男の子の手を握っている。

「お家(うち)帰って、モンブラン食べるの、楽しみね」と女が言うと、男の子は「うん」と元気良く返事をした。

それから「モンブラン、好きー」と大きな声を上げた。

「ここのモンブラン、ばあばも好きよ。癖がなくって食べやすいから」

二人はゆっくりと歩道を歩いていく。

正人は二人の背中に向かって頭を下げた。

それから正人は鞄からスマホを取り出した。

　そして洋一の店のインスタを開く。

　たくさんのケーキの写真と営業時間が書かれているだけで、イベントやキャンペーンのような、催事についての告知はなかった。

　どうやら、ここまできても、洋一は本当になにもしないようだ。

　今月末で息子たちの勝負期間が終わる。勝者は玲二になるだろう。あと三週間で挽回出来るような差額ではないので、洋一の負けは決まったようなものだった。玲二の店はコケるどころか、大人気の繁盛店になったのだ。そんな状況なのだから負けている洋一が、最後に一か八かの賭けに出て、なにか仕掛けるのではないかと考えて来てみたのだが、いつもと同じケーキを、いつもと同じように売っている。

　スマホから顔を上げた。

　店の中に洋一の姿を認めた。

　焼き菓子が並ぶ棚を整理している。

　正人は心の中で洋一に話し掛ける。

　お前がお前なりに頑張ってきたことは、わかっている。だが結果は結果だ。お前に出来るか？　玲二の下で副社長として会社を盛り立てることが。

　正人は一つ息を吐き出した。

　そうしてから駐車場に停めていた車に戻る。

　それから北川が主宰する、勉強会の会場に向けて車を出す。

勉強会は二時間程度で終了した。北川から一休みしませんかと誘われたので、てっきり喫茶店に行くのだろうと思ったら、着いた先は演芸場だった。

正人たちは客席でしばし手品や話芸を楽しんだ。そして漫才が終わったタイミングで二人は客席を出て、ロビーに移った。

ロビーには正人たちの他に客はいない。

売店で飲み物を買い、その前に置かれたベンチに北川と並んで座った。

売店のガラスケースにはスナック菓子が並び、それぞれに手書きのプライスカードが付いている。そのケースをテーブル代わりにして、女性従業員が紙を広げて忙しなく電卓を叩いていた。

北川が口を開いた。「楽しんで頂いていますでしょうか？」

「はい。生まれて初めてです、演芸場に来たのは。一服するにはいいところですね」

満足そうに頷く。「さっきの漫才ありましたよね。あれ、顔は似ていませんが兄弟なんですよ」

「そうでしたか」

「なかなか面白かったですよね。息が合ってて。でもですね、実際は犬猿の仲だそうです」

「そうなんですか？」正人は驚く。「全然そんな風には見えませんでしたな」

「舞台の上以外では口を利かないし、目も合わさないそうですよ。プロというのは凄いもんですね。そういえば、今日は出演しませんが、離婚したのに夫婦漫才を続けている強者もいますね」

一人の男が客席から出て来た。そしてゆっくりした足取りでトイレに向かう。

北川が続けた。「今月末でガチンコ勝負が終了しますね」

「ええ」

「このガチンコ勝負によって、いろんなことがわかったのではないかと思うのですが、いかがでしょう」

「ええ、その通りです。私は息子たちを——父親であり、社長でもある私は、息子たちをわかっていませんでした」

「会社をどんな風に承継するか、お考えはまとまっていらっしゃいますか？」

「勝負は玲二が勝つでしょう」正人はアイスコーヒーをひと口飲んだ。「正直、玲二が勝つとは思っていませんでした。玲二への評価が低過ぎました。玲二の能力をちゃんとわかっていなかったんです。私のやり方とは違いますが、玲二は見事に店を切り盛りして商売を成功させました。玲二にルージュの社長になって貰うことに、不安はありません。きっと会社を成長させてくれるでしょう。心配しているのは洋一のことです。副社長として、玲二と一緒に会社を盛り立ててくれるのか……二人は考え方がまったく違います。目標とする地点も、そこへのアプローチの仕方もまるで違います。玲二のやり方を洋一が理解し、納得し、協力出来るのか、そこがどうも心配です」

「犬猿の仲でもいい漫才が出来る漫才師はいますが、少数派です。大抵は解散してしまいます。

ですが、会社を解散させる訳にも、兄弟を解散させる訳にもいきませんから、そこが難しいところです」

「その通りです」

「僭越ながらお尋ねします。兄弟は一緒に働かなくてはダメですか？」

「は？」

「兄弟が一緒に働くというのが前提のようですが、その出発点を変えてみてはいかがでしょう」と北川が言った。

「それは……洋一をクビにするということですか？」

目を真ん丸にして少し身体を後ろに反らした。「いえいえ、そういうことではないです。それぞれに得意なことと、不得意なことがありますね。得意なことが出来る場を、それぞれに与えてみてはいかがかと、そう思いまして」

はっとした。

そうか。北川が言う通りだ。衝突するとわかっていながら一緒に働かせようとして、会社の行く末と、兄弟の行く末を案じていたが、それぞれに得意なことが出来るようにすればいいのか。

正人はじっと北川を見つめた。

やっぱりこの人は……なかなかの人のようだ。

十一

正人は向かいに座る洋一に目を向けた。

いつものように無表情で座っている。突然父親にデパートの屋上に呼び出されたというのに。

昨日で勝負期間が終わった。二人には昨夜のうちに、デパートの屋上に来るよう伝えてあったが、玲二は案の定まだ現れない。

今日の屋上にはスーツ姿の男が一人いるだけだった。丸テーブルにタブレットを置いて操作している。

十五分ほど遅れてやっと玲二が現れた。

玲二が「遅れてごめん」と言いながら席に着く。「懐かしいなぁ、ここ。来たの、何年ぶりだろう」首を左右に振って辺りを眺めた。「あっ。カートがない。もうないのかぁ、カート。なんか寂しいなぁ」

正人は言う。「今もカートがあったら、お前なら無理して乗りそうだな」

玲二が笑った。「そうだね。あったら乗るかも」

一つ咳払いをしてから正人は口を開いた。「今日は特別な話があるので呼び出した。まず今回の勝負のことだ。玲二が勝った」玲二に顔を向ける。「よくやったな。素晴らしい売上を叩き出した。地元で有名な人気店にまでした働きは見事だった」

　玲二が嬉しそうな顔をした。

　正人は続けた。「それでだ。一番プリンをこれで終わりにするのは勿体ない。金を出すから一番プリンをもっと大きくしていけ」

「えっ？」玲二が驚いたような表情をした。

　正人は話す。「ルージュとは別会社を作れ。私が出資した金ですぐに会社設立の手続きに入りなさい。そこでお前は社長になって、一番プリンを全国規模にしていけ。一番プリンだけじゃなくてもいい。玲二なら別のアイデアも出せるだろうから、他の品の店を出してもいい。お前がこれだと思うもので勝負をしろ。それで会社を自分の裁量で大きくしていくんだ」

　玲二はポカンと口を開けているだけだった。

　正人は今度は洋一に顔を向ける。「洋一は勝負で負けた。あの店は閉める。続けるような売上の数字ではない。洋一にはルージュの十店舗を任せる。ただし私が引退する十年後にだ。これから十年の間に私から経営を学びなさい」

　洋一は目を瞬く。

「二人共黙っているが、どうなんだ、わかったのか？」正人は尋ねた。

　洋一と玲二が顔を見合わせた。

　それから少しして玲二がようやく口を開いた。「びっくりし過ぎて、反応するまでに時間が掛かっちゃって……あのさ、すっごい嬉しいよ。あのプリンが出来るまで結構苦労したからさ、もう我が子って感じなんだよね。大切な子どもをもっとたくさんの人に知って貰いたいし、食べて欲しいって思ってて。だから一番プリンの店を、たくさん増やせるよう頑張るよ」

正人は言う。「一つ約束してくれ。一番プリンの出店は、ルージュの店から二キロ以上離れた場所にしてくれ。プリン以外の店を出すことになった時にも、その店はルージュの店とは二キロ以上距離を取ってくれ。いいな?」

玲二が「わかった」と頷いた。

「洋一は?」正人は尋ねた。「話を理解したか?」

戸惑った表情を浮かべた洋一が言った。「僕が……僕でいいの? ルージュの十店舗を見ることなんて出来るかな?」

「お前にルージュを任せるのは十年後だ」正人は釘を刺す。「その間にしっかり勉強しなさい。ルージュにはすでにお客さんがついている。無理して新しいことをせずに、十店舗をこれまで通りつつがなく営業していくんだ。商売は水物だ。それまで売れていたものが、売れなくなることもある。流行や景気や、いろんな影響を受ける。ルージュだっていつ何時売れなくなるかもしれない。だが安易に変えるな。ルージュはそれでいい。変えずに耐えるんだ。上手くいってない時に、やけを起こさず、昨日と同じことを今日やる。明日もやる。これは誰にでも出来るもんじゃない。だがお前は出来る。それはな、お前の才能なんだ。十店舗を守り抜くのは大変なことだが、お前ならいずれ出来るようになると、私は確信しているよ。だから頼むぞ」

洋一は小さな声で「わかった」と答えた。

正人は言う。「よし。二人とも納得したな。それぞれ別の会社の社長になって頑張って貰うが、兄弟は兄弟だ。兄には兄の言い分が、弟には弟の言い分があるだろう。不満があるのはしょうがない。お互い様だ。ライバル心をもつのもしょうがない。お互い様だ。ただ常に相手の気持ちを思いやれ。それを忘れるな」

　ふいに記憶が蘇ってきた。

二人がまだ幼かった頃、一緒にここに来た日の記憶だった。

早苗が下で買い物をしている間、正人がこの屋上で子どもたちを遊ばせる役目を負った。仕事に明け暮れていた当時、そうした機会は滅多にないことだった。

　その日、ここではウルトラヒーローショーが開かれていた。二人は食い入るようにそのショーを見ていた。やがて何匹かの怪獣が、客席の子どもたちの間を練り歩き始めた。そのうちの一匹が玲二に目を留めた。怪獣が玲二を襲うかのような仕草をした。玲二が大声で泣き出した。すると隣の洋一がすっくと立ち上がり、その怪獣の腕をぺしっと叩いた。怪獣は痛そうなフリをしながらステージへ逃げ去った。普段大人しい洋一が、玲二のために怪獣を追い払ったことに、正人は感動を覚えた。

　その後出店でピザを買った。洋一が苦手なブロッコリーが載ったピザだった。正人は残さずに食べなさいと言った。しばらくすると玲二がチラチラと、正人の様子を窺い出した。正人はわざと顔を横に向けて、よそ見をしているフリをした。すると玲二が、洋一のピザの上に載っていたブロッコリーに手を伸ばした。そしてパクリと食べた。洋一のために、ブロッコリーを片付けてやったのだ。正人は笑いたいのを必死で堪えて、気が付いていない演技をし続けた。

あの時、家族はいいもんだと正人は思ったのだった。

三十五歳になった玲二が言った。「だけどさ、どうしてこの話をデパートの屋上で?」

正人は答える。「ここは岡村家にとって、ターニングポイントとなる場所だからだ。いいんだ、わからなくて」

玲二が聞く。「十年後に引退した後はどうするつもりなの?」

「まだ具体的な計画は立てていないが、そうだな、お母さんと世界一周旅行にでも行って、奥さん孝行をしたいな」

「いいね、それ。きっと母さん、喜ぶよ」

洋一が足元の紙袋からなにやら取り出した。

そして正人と玲二の前に置いた。「お母さんが欲しいと言ってたから、航也が描いた絵をTシャツにしてみた。お母さんだけじゃないんだけど」

正人はビニール袋からTシャツを出して広げた。

胸のところに七人の人物が描かれている。

玲二が質問した。「一人だけ顔が焦げ茶色しているのが俺かな?」

「そうだと言ってた」と洋一が答えた。

「とすると」玲二が中央の人物を指差す。「この酸っぱいような顔をしているのが親父か」

正人は中央に描かれた人物をじっと見つめる。「これが私なのか? 私はこんな顔はしないだろ」

玲二が笑いながら言った。「どうかなぁ。いや、でもいいとこ、ついてるよ、航也画伯は。天才かもしれないな。それで俺たちの周りに飛んでいるのは、なにかな？」

正人は「蝶じゃないのか？」と口にした。

洋一が教える。「ケーキとプリンだって言ってた」

「そうなんだ」玲二が目を見開いた。「やっぱり航也画伯は天才だな。な、親父」

正人は微笑んで頷いた。それから空に目を向けた。

綿飴(わたあめ)のような形をした雲が二つ浮かんでいた。

親父、これでいいんだよね？　ルージュを次の代に渡すよ。新しい形態の店も始めるからね。これからが楽しみになってきたよ。

正人はそう心の中で父親に話し掛けた。

第二章

一

高林菜穂(たかばやしなほ)はノートパソコンの画面を凝視する。

向かいに座る販売部の部長、吉井侑樹(よしいゆうき)の売上報告を聞きながら、リアル店舗四店とネットショップの数字を見ていく。

菜穂はアスリという名の、女性向けのブランドバッグを販売する会社の社長をしていた。リアルの店はすべて路面店で、商業施設には出店していない。

売上はリアル店舗もネットショップも、昨年対比で百三パーセント程度だったので、まぁまぁといったところだった。

吉井の報告が終わったので、菜穂は次の案件について質問した。

「モニター会社に依頼した覆面調査の結果を見た？　販売スタッフの接客評価がまた低かったでしょ。この事態をどう思ってるの？」

「指摘を受けた販売スタッフには、気を付けるよう注意しました」

「吉井部長は毎回同じことを言うけど、そんな注意じゃ、接客力は上がらないということは、はっきりしてるわよね？」

吉井は俯(うつむ)いてしまい口を開く気配はない。

出た。答えに困ると黙る、いつものパターンだ。

菜穂は続けた。「これまでとは違うアプローチで、販売員の質を上げていかなきゃダメでしょ」

「はい」素直に頷く。

「そのためのアイデアは？」

「…………」

これだもの。アイデアを出せと言っても、出してきた例(ためし)がないんだから。私が怒るとただじっとしている。私が怒るのに疲れるまで息を殺しているのだ。私より七つ下の五十五歳の役立たず。この程度なのに部長の肩書を与えているのは、他にいないから。従業員は四十人弱。残念ながらその中に優秀な者はいない。

菜穂は舌打ちをしたい気分で腕時計に目を落とした。

タイムオーバーだった。

菜穂は言った。「一週間以内にアイデアを考えて提出して。いつものように考えたんですが、浮かびませんでしたは、なしだから。必ず提出すること。以上。半田(はんだ)部長が外で待ってるはずだから、彼女に中に入るように言って頂戴(ちょうだい)」

吉井が立ち上がり社長室を出て行く。

入れ替わりに宣伝広報部部長の半田史子(ふみこ)が現れた。

今日の史子は、ショッキングピンク色の長袖のニットを着ている。

五十三歳の史子は、十年前に離婚してから派手な服装をするようになった。

史子が菜穂の前にタブレットを置いた。

菜穂はそれをタップして動画を再生する。

十二月から始める予定の動画広告のデモだった。

動画が終わると菜穂はすぐに口を開く。「なによ、これ。全然バッグが見えてないじゃない。モデルの顔なんてアップにしなくていいのよ。もっとバッグを、いろんな角度から撮った動画にしなきゃダメじゃない」

「えっと、すみません。えっと、はい、どうしましょう」

「絵コンテと違っているのはどうしてなの？　半田部長は撮影に立ち会ってたのよね？　それにこの動画も先に見ていたのよね。絵コンテとこんなに違っているのに、私がオーケーを出すと思った？」

「えっとですね、その、それはですね、絵コンテとは確かに違っています。それはその通りです。あのですね、あまりにバッグを細かく見せる動画にしてしまうと、カタログ的といいますか、そういうのはショッピングサイトのページのように見えてしまう危険があると考えまして、動画広告ですから、内ポケットの位置を見せるよりは、映画の中のワンシーンのような動画にしてですね、そうしますと憧れさせることが出来ると考えたのですが……あの、でもすみません」

「考え方は間違ってはいないけどやり過ぎ。海外のハイブランドじゃないのよ、アスリは。ここまで非現実的で芸術性の高いイメージを、消費者に押しつけようとしなくていいのよ。うちは海外のハイブランドには手が出ない、フツーの会社員がお客さんなのよ。そういうお客さんたちには、定期券を出し入れするための外ポケットがあるかどうかや、スマホを収められる内ポケットがあるかどうか、底が傷まないように鋲(びょう)が打ってあるかどうかは、大事な情報なの。憧れさせながら必要な情報を伝えることは出来るはずよ。そうでしょ？」

何度も激しく頷く。「はい、そう、そうですね、はい」

大方撮影現場でカメラマンや、ネット広告の代理店担当者から、こうした方がスタイリッシュだとか、高級感が出るだとか言われて、その気になってしまったのだろう。史子は周りの意見に流されてしまうところがあった。そんな致命的な欠点があっても人材不足のアスリでは、宣伝広報部を任せるしかなかった。

菜穂がやり直しを命じると、史子はバタバタと大きな足音をさせて出て行った。

次に現れた桜井(さくらい)エマが持つバッグを見た途端、菜穂は大きな声を上げる。「そのサンプルはなに？」

「来春の新作のサンプルです」

「嘘でしょ。私が描いたデザイン画と全然違うじゃない」

エマが肩を竦(すく)めた。

菜穂はサンプルを持ち上げた。「持ち手が細過ぎよ。バランスが悪過ぎる。私の絵を見てこのサンプルを上げてくるなんて、メーカーのセンスが酷(ひど)過ぎよ。これはミナカミだったわよね？」

「はい」

「デザイン画通りにしてくれなくちゃ困ると言って、ミナカミに遣り直して貰って」サンプルをテーブルに戻した。

そのサンプルを持ち上げてしげしげと眺めた。「そんなにバランス悪いですか？」

「悪いわよ」

「んー」エマが首を捻った。「私はこれぐらいがちょうどいい感じって、思うんですけど」

「もしかして、またなの？　また勝手に自分の考えを加えてメーカーに依頼したの？」

「……ミナカミから聞かれたので、デザイン画より少し細くしても……いいかもと言いました」

怒りが猛スピードで沸き上がってきて、菜穂の心臓の拍動が激しくなる。

菜穂は叱り付ける。「何度言ったらわかるの？　あなたは私のアシスタントであって、デザイナーではないの。あなたにデザインを任せてはいません。あなたは私の指示を、メーカーにそのまま伝えるだけでいいの。それだけ。たったそれだけのことを、すればいいの。余計なことをしないで」

もう本当に嫌になる。使えない部下ばっかり。なにもしない部下と、流されてしまう部下と、勝手にやってしまう部下。あんたたちのせいで、こっちは血圧が上がりっ放しだわよ。

固まって座っているエマに菜穂は命令する。「さっさと動きなさい」

はっとしたような表情を浮かべたエマが言い出した。「あの、パートスタッフの採用のことで——」

最後まで言わせず、菜穂は「後にして」と声を発した。

エマは急ぎ足で社長室を出て行った。

ふざけんじゃないわよ。エマは何度言っても同じ過ちを犯すんだから。

エマは四十五歳のブラジル人だ。アニメをきっかけに日本に興味をもち、ブラジルで日本語学校に通っていたと聞いている。日本のドラマを観ていた時に、出演者が持っていたアスリのバッグに一目惚れしたそうだ。そして観光で訪れた日本でアスリのバッグを購入した。帰国後毎日そのバッグを持ち歩くうちに、アスリで働きたいと思うようになり、再来日した際にアポなしで銀座の本店に飛び込んだ。働きたいと訴えるエマの熱意に打たれた販売スタッフが、店の上階のオフィスにいた菜穂に内線を掛けた。菜穂はほんの気まぐれから、そのブラジル人に会ってみることにした。

当時二十四歳だったエマは、菜穂にアスリへの愛を流暢な日本語で情熱的に語った。陽気そうで、楽天的にも見えたエマを菜穂は雇うことにした。まさか自分のデザイン画を独断で変更して、メーカーにサンプル依頼するような、図々しい社員になるとは思わずに。

私とメーカーの間の、連絡業務をすればいいだけだっていうのに。そもそも社長である私に馴れ馴れしいし、なんでも強く主張すれば、自分の希望が通ると勘違いしているのだ。アスリに押し掛け入社をしただけでなく、日本人との結婚も、エマの押し掛けだったと聞いている。

こうした成功体験が、勘違いを増長させてしまったのかもしれないわね。

菜穂は自分のデスクに着くと、バッグの中に手を入れた。小さながま口型のポーチを取り出す。

このポーチは友人の息子である啓太が、作った物だった。啓太が障碍者施設で働いていた頃に、そこが開催したバザーに行き購入した。

紺色の麻の生地が使われている。

がま口を開けて、中のミントタブレットを取り出した。すぐにミントタブレットを五、六粒口に放った。

一気に口の中がミントでスースーする。

ガリッ。ガリッ。

菜穂は思いっ切り噛んだ。

舌に突き刺さって来る刺激がイタ気持ちいい。

刺激を味わい終えると、噛み砕いた小片を呑み込んだ。

ほんの少しだけ怒りが小さくなった。

二

顔馴染みのウエイターが「いらっしゃいませ」と言う。

そしてウエイターは菜穂をいつもの席に案内した。

席に座った菜穂は「いつものを」と注文した。

二階にあるカフェのその席からは、窓越しにアスリの本店の正面口を見下ろせる。

黒い外壁の左右にショーウインドーがあり、中のバッグはスポットライトを浴びていた。その窓枠は白いフレームで縁取られている。

一階と二階が店舗で、三階から五階はオフィスとして使っている。

夫の秀貴の実家が、この銀座の自社ビルで何代にも亘って海苔店をやっていた。ある日突然義父母たちから、もう商売に見切りをつけて店を閉めるから、そこでバッグ店をやったらと言われた。秀貴は会社員で海苔店を継ぐ気はなく、義父母たちも継がせようとは考えていなかった。菜穂はこの自社ビルを受け継いだ。改装をして、オリジナルデザインのバッグを売り始めて三十二年になる。

ウエイターがキリマンジャロコーヒーを、菜穂の前に置いた。

菜穂はカップを持ち上げて香りを嗅ぐ。それからカップに口を付けた。

強い酸味とコクを味わう。

秀貴が好きなコーヒーだった。

銀座店がオープンした日の夕方に、菜穂と秀貴はこの席からアスリを眺めた。その日は開店前から慌ただしく過ごしていた。夕方になってぽっかりと時間が空いた。その時に秀貴に誘われてこのカフェに来たのだ。

　何日も前から緊張感と高揚感で興奮状態だった菜穂は、この席からアスリを見た途端、全く違う感情に襲われた。不安感だった。ここに並べたバッグを、買ってくれる人はどれくらいいるのか。全然売れなくて借金することになって、このビルを取られるようなことになったらどうしよう。義父にも義母にも顔向けできないと思ったら、身体が小刻みに震え出した。そして気が付いたら泣いていた。

　秀貴は目を丸くしてどうしたんだと言った。菜穂が不安を口にすると「大丈夫だよ。君はこれまでだってバッグを売って、店を立派に繁盛させてきたじゃないか」と励ました。

　菜穂は両親がやっていたバッグ店を継いで、店を切り盛りしていた。だがそれは郊外の商店街の中にある、昔ながらの小さな店だった。銀座の店とは場所も規模もまるで違う。それにその店は卸会社から提案された中から、商品を選んで売るスタイルだった。菜穂の代になってから、メーカーにオリジナルデザインのバッグを作って貰って売っていたが、それは高々一シーズンに数モデルの話だった。

　菜穂がそう言うと、秀貴は「君なら出来るよ。僕は一緒に働きこそしないが側にいるんだから、不安になったらいつでも相談してくれればいい。商売のことも、バッグのことも知らない僕には、ちゃんとしたアドバイスは出来ないだろうが、一緒に悩むことは出来る。君は一人じゃないんだよ」と話した。

　その言葉が嬉しくて菜穂はまた泣いた。

だがその二年後に菜穂は独りぼっちになった。秀貴と、息子の智幸と三人でインドネシアを旅行中に、交通事故に遭ったのだ。二人は天国へ旅立ち、菜穂だけが生き残った。

「お待たせしまして申し訳ございません」

声がして、菜穂は我に返る。

北川がテーブルの横に立っていた。

菜穂は腕時計に目を落とす。

約束の時間より前だった。

菜穂は「いいえ、私が早く来たんです」と口にした。

北川が向かいに座った。

黒くて太いフレームの眼鏡によって、目の周りの弛みを上手に隠している。

中小企業診断士の北川と契約をしたのは、二ヵ月前だった。北川を仲介してくれた知人はなにを思ったのか、バツイチで今は独身だとわざわざ教えてくれた。それは二百パーセントないと菜穂は答えておいた。六十二歳にもなって、ちょっと変な男と、どうにかなりたくはない。

北川が注文したブレンドコーヒーが来るまでの間に、菜穂は部下たちの力不足を語って聞かせた。

北川の前にブレンドコーヒーが置かれると、彼はそれにすぐに口を付けた。

そうしてから口を開く。「確認なんですが、そもそも誰かに承継したいと思っていますか？」

「えっ？　それはだって私は六十二歳で、事業を承継するのに十年ぐらい掛かるというから、今決めておくべきなんでしょ？　そう信金さんから言われましたし、本にもそう書いてあったわ」

「それはその通りです」頷いた。「従業員の中に相応しい人がいないと仰る社長さん、とても多いんです。でもですね、色々お話を伺ってみますと、どうも後継者が決まらない理由は、別のところにあるというケースが、しばしば見られるんです。その本当の理由はなにかと言いますと、社長さんが引退したくないことなんです。そういう本心はなかなか大っぴらには出来ません。そうこうしているうちに、周りから後継者を早く決めろと言われてしまう。しょうがないから探しているというポーズを一応取った上で、あいつはこれが出来ないからダメだし、あいつはあれが出来ないからダメだと、従業員の未熟さのせいにするんです。意識的にやっている方と、無意識でやっている方と両方いらっしゃいます」

「………」

「高林社長さんは、いかがでしょう。誰かに承継したいと本気で思っていらっしゃいますか？」

私は……私は……だって私が一人で頑張ってきて、ここまで育てたブランドだもの。引退なんてしたくないわよ。当たり前じゃない。死ぬ直前まで働いていたいわよ。誰にも会社の実権を渡したくないけど、それはそうだけど、従業員たちが力不足なのは事実だもの。引退したくない気持ちはあっても、それが後継者を決められない理由じゃない。私は他の社長とは違う。

菜穂は言う。「私はポーズではなく、後継者を今のうちに決めておくべきだと考えています。

うちの従業員たちは本当に未熟なので、決められないだけです」

わざとらしく何度も頷いた。「そうなんですね。候補者は三名でしたか？」

「ええ。社歴からいって、吉井、半田、桜井の三名が候補者なんですが、全員が全然ダメです」

「社長さんが理想とする後継者は、どういう人物でしょうか？」

即答する。「アスリのブランド価値を高めるためのビジョンがあって、時代の先を見通した上で戦略を立てて実行出来て、売上に貢献出来る人材を育てられて、正しいタイミングで決断する人物です」

北川が突如破顔して「なるほどー」と語尾を伸ばした。「私は従業員に事業承継を検討している社長の皆さんに、毎度話をさせて頂いていることがあるんです。それは後継者探しは結婚相手探しと似ているんですよと、そういう話です。社長さんに理想の後継者像を尋ねますとね、今の高林社長さんのように色々と仰るんですよ。結婚相手探しもそうですよね。婚活を始めた人にどういう人が理想かと聞けば、年収はいくら以上で、年齢は何歳から下で、親との同居は無理で、趣味はこういうのがいいとか、そりゃあたくさん言います。でもですね、仲人は言いますよ、きっと。そんな人は、どこにもいませんよと」

「私の理想が高過ぎると仰りたいんですか？」

北川が頷いた。

菜穂は説明する。「バッグのブランディングはとても難しいんです。バッグのデザインはもう出尽くしたと言われています。つまりデザインで差は付けられないんです。今バッグで売れているのは、高額のハイブランドのものと、ノーブランドの安いものです。二極化しています。ハイブランドのロゴがバッグに大量に鏤められたものなどは、その値段が多くの人たちに知られているので、虚栄心を満たしてくれます。こうした点が人気の理由の一つです。ノーブランドで安いものの方は、以前から一定数の顧客がいましたが、景気の影響もあってか、その市場は年々大きくなっています。アスリは中間のブランドです。ブランディングの舵取りが一番難しい市場で、商売をしなくてはいけません。ライバルブランドはたくさん存在します。その厳しい市場で勝ち残っていくのは、容易いことではありません。優秀な人でなければ会社を託せません」

「なるほど、なるほど。それは優秀でなければ、いけませんね」

なによ、それ。そんな風に思っていないのに、お義理で相槌を打っていますというのが、有り有りとわかる。感じ悪い。

北川が人差し指を立てた。「それでは一つだけご提案をさせてください。減点方式ではなく、加点方式で、候補者の方たちに、点数を付けるようにしてみてはいかがでしょう」

「加点していくんですか？」

「はい」

あの三人に加点していくような、いいところなんてあるかしら。

北川が続ける。「アスリさんの後継者には、たくさんの能力が必要になるんですから、それを一つひとつ項目別にして、それぞれが何点なのかを加点方式で点数を付けると、三人の現在の位置がわかり易くなるかもしれませんよ。それでですね、その項目には可能性というものを、加えるようにされるといいです」

「……可能性」

「はい。今は五十点でも五年後、十年後には八十点、百点を取れそうな可能性があるかどうかといったことに、点数を付けるんです。これはとても大切な項目です。現状が未熟なのであれば他の項目の点数は皆さん低く、差が出ないことも考えられますので、この可能性の項目の点数が、後継者選びのキモとなりそうですからね」

そう言うと北川は取って付けたような笑みを浮かべた。

やっぱりこの男はいけ好かない。

菜穂は窓外に目を向けた。

アスリの店から女性客が一人出て来た。

購入した客に渡す紙袋を肩から下げている。

その女性が大通りへ向かって歩いて行くのを、目で追いかけ続けた。

三

「笑顔でお願いします」と男性カメラマンが言った。

菜穂は少しだけ口角を上げる。

カメラマンが声を上げる。「身体をもう少し右に向けて貰えますか？　はい、そこでオッケーです。顔はこっちにお願いします」

何度やっても菜穂はこうした撮影に慣れない。

菜穂はアスリ銀座店の前で、カメラマンの注文に応えて様々なポーズを取らされていた。

北川からビジネス誌の取材を受ける気はないかと打診があったのは先週だった。歴史があり発行部数が多い雑誌だったし、北川からの紹介だったので菜穂は受けることにした。

社長室でライターから取材を受け、その後菜穂の写真を撮ることになった。店内で何カットか撮影した後で、店の前でも行うことになったのだ。

カメラマンが言う。「今度はそのガラスドアのバーハンドルに、片手を掛けて貰えますか？　少し開けて、お客さんのために、今、ドアを開けましたといった感じでお願いします」

このカメラマンは注文が多い。うんざりしているのを隠すのに苦労する。

店の前を歩く通行人たちがこっちを窺う。

恥ずかしくてしょうがない。まだ通行人が少ない時間帯で良かった。

午前九時半の銀座に買い物客の姿はまだない。この界隈で働いているスタッフたちが、歩いているぐらいだ。銀座の街が動き出すのは午前十時を過ぎてからだ。だからアスリも午前十時に店を開ける。今、アスリの店舗スタッフたちは、店内の掃除をしているところだった。

カメラマンがまた「笑顔をお願いします」と言った。

菜穂が渋々口角を上げようとした時だった。

カメラマンの背後にいた北川が手を上に伸ばした。そしてその手を左右にゆっくり動かし始めた。

そのフラダンサーのような動きが可笑しくて、菜穂は笑ってしまう。

するとカメラマンが「いいですねぇ。今日一番の笑顔、頂きました」と言った。

撮影がやっと終わり、取材スタッフたちは帰って行った。

北川が頭を少し下げた。「お疲れ様でした」

菜穂も頭を下げる。「笑わせてくださって有り難うございました」

「いやぁ、笑ってくださったんで良かったです。なにやってんだ、あいつはと険しい顔をされたら、どうしようかと不安でしたから。その後、候補者たちの点数付けはいかがですか？ 進んでいらっしゃいますか？」

菜穂は首を左右に振る。「加点方式にしようと思っても、三人ともプラスの点数が付く項目がないですし、可能性の項目では横並びですから進んでいません」

「こうなったらジャンケンで決めますか？」

「はあ？」

「冗談ですよ」

「今の本当に冗談ですか？ 本気で言ってるように聞こえましたけど」

「いえいえ。正真正銘の冗談でございます」と言って笑みを作った。「それでは一つ提案を。

考えを書いて貰うというのはいかがでしょう。まず社長さんからお題を出すんです。このお題は難しいものの方がいいです。例えば会社の問題点について述べよとか、その解決方法を示せとか、会社の十年後のために今やっておくべきことはなにかとか、ちょっとやそっとじゃ答えられない、難しい問いをするんです。その問いに対する答えを、書かせて提出させるんです。分量はA4で二枚か三枚ぐらいがいいでしょう。急がせるのではなく、ある程度の時間を与えた上で提出させるのがお勧めです。これによって、しっかりした考えをもっている人か、浅い考えしかない人か、どこかから借りてきた言葉を並べるだけの人かといったことが、ある程度わかります。決め手がなくて誰を後継者にするか迷っているなら、一度試してみてはいかがでしょう」

「それ、やってみようかしら」

北川が満足そうな顔で頷いた。

菜穂は言う。「もっとなんて言うか……北川さんからは突拍子もないアイデアを、提案されるのではないかと思ってました。私に北川さんを紹介してくれた人から、毛色の違う中小企業診断士だと聞いていたので、ある程度覚悟していたんです」

ニヤリとして「こう見えて、オーソドックスな提案も出来るんですよ」と言った。

四

菜穂は両手で顔を覆う。

なんてことなの。こんなことになるなんて。

ゆっくり手を下ろして、もう一度ノートパソコンの画面に目を向けた。

ネットニュースのサイトに、A百貨店とJ百貨店が、明日から臨時休業の発表をしたという記事が掲載されている。

新型コロナ感染者数がじわじわと増え続け、とうとう昨日緊急事態宣言が発令された。すでに百貨店は営業時間の短縮や、土日の臨時休業を強いられていたが、明日からは食料品売り場以外は終日休業するという。

アスリでもこれまで平日の営業時間を二時間短縮して、土日は休業していたが、百貨店が休業を決めたというのだから、それに倣った方がいいだろう。店を開けているだけで叩かれてしまうご時世だ。

菜穂は立ち上がり書斎を出てキッチンに向かう。

キッチンカウンター下の、キャビネットの引き出しを開けた。買い置きのミントタブレットの缶から三粒を掌(てのひら)に出す。口に放るとすぐに嚙んだ。

トイプードルのあずきが駆け寄って来た。菜穂の足元を一周してからお座りをした。そしてつぶらな瞳(ひとみ)で菜穂を見上げる。

菜穂は屈んであずきを抱き上げた。

友人が亡くなり、彼女から託されたあずきと暮らすようになって一年になる。

あずきを抱いたまま書斎に戻った。

十畳の書斎の中央には白いデスクがある。右の壁には白い本棚があり、雑多な種類の本と雑誌が並んでいる。特にアートやファッション、映画の雑誌が多く、海外のものもあった。本棚の最上段には、昔の映画のDVDコレクションを置いている。こうしたものからインスピレーションを得て、新作モデルのデザインを生み出している。

赤いデスクチェアに座り膝にあずきを乗せた。

あずきに話し掛ける。「これから日本はどうなっちゃうんだろうね。心配で心配でしょうがないわ。この感染症の流行が早く終息してくれないと、アスリがね、終わってしまうかもしれないの。後継者選びどころの話じゃないのよ。アスリが倒産したら……そんなことになったら、私……私も終わり」

あずきが菜穂の膝の上でうつ伏せになった。

菜穂はあずきの背中を優しく撫でる。「こんな弱気なことを言えるの、あずきにだけなのよ。私が弱気になったら、皆が一層不安になるから隠してるの。経営者ってね、とっても孤独なのよ。私は親も夫も子どもも亡くしたしね、プライベートでも孤独なの。おかしいわよね、これまでも孤独だったはずなのに、ここまで心細くはなかった。仕事で忙しくしていたから、忘れたフリが出来ていたのかしらね。コロナで世の中が変わった途端、孤独と直面せざるを得なくなったような気がするの」あずきの顔を覗き込んだ。「あずき、私の側にいてくれて有り難う」

あずきがふわっと欠伸をした。

菜穂は小さく微笑んでから息を一つ吐いた。

そうしてからあずきに宣言した。「私がしっかりしなきゃね。アスリを守り抜くために頑張らなきゃ。私のすべてなんだから」

吉井の携帯に電話を掛けた。

先月から販売スタッフ以外は在宅勤務にしている。

吉井が言った。「はい、吉井です。お疲れ様です」

「お疲れ様。百貨店が明日から臨時休業するそうよ。知ってる？」

「噂は聞いてましたが決定したんですか？」

「そのようね。アスリの店も明日から臨時休業するしかないわね」

「そうですね」

「四店舗のスタッフに自宅待機と伝えて頂戴」菜穂は指示を出した。

「わかりました」

「通販も全然売れていないから休止にして、ネット販売担当スタッフも自宅待機にしましょう」

アスリのバッグは革製で、通勤の時やフォーマルな場で持つのを前提としたデザインがほとんどだった。コロナへの対策として、テレワークする人が増えてからというもの、売上は激減していた。それはネット販売も同じだった。

吉井が言う。「あの、社長、聞いてもいいでしょうか？」

わざわざ最初に聞いていいですかと確認してくるの、面倒臭いからやめて欲しい。

「なに？」と菜穂は不機嫌な声を出す。

「すみません。あの、販売スタッフは全員引き続き、雇って貰えるんでしょうか？」

あぁ。そういう心配ね。アスリのことより給料が貰えるかどうかなのよね、気にしているのは。

吉井が続ける。「皆が心配しているものですから」

「誰も解雇せずに済ませたいと思ってはいるわ。今はね」

「今は、ですか」

「そうよ。これから先のことなんて予想出来ない状況なんだから、今の話しか出来ないわ」

吉井が沈んだ声で「そう、ですよね」と言った。

吉井との通話を終えるとすぐ史子に電話を掛けた。

電話が繋がるや否や、史子が「私、クビですか？」と質問した。

「なんなの、それは？」

「えっと、あの、ちょうど今、青木印刷の担当者からのメールを読んでいたんです。青木印刷さん、社員の半数を解雇すると決めたそうです。それでうちの担当者も、解雇になったと書いてあったものですから、あの、私、すっかり動揺してしまって。そんな時に社長から電話が入ったので、私もクビを宣告されるのかと」

「明日から店を休業にしてネット販売も休止するから、公式サイトで告知するよう言うために電話したのよ」

「それでは私はクビじゃないんですね？」

「違うわよ」

「そうですか。そうでしたか。良かったです。有り難うございます」と史子は嬉しそうな声で言った。

史子もなのね。自分のことだけを心配する人ばっかり。

史子との電話を切った菜穂は、あずきに話し掛ける。「嫌になるね。皆、自分のことばっかりで」

次はエマに電話をした。

菜穂が言葉を発する前にエマは言った。「アスリは負けない。そうですよね？」と。

しばしの間を置いてから「ええ」と菜穂は答えた。

どうしてだろう。初めてアスリの先行きに関するコメントが、従業員から出たっていうのに、ちっとも嬉しくない。

菜穂はエマに、すべての取引メーカーにアスリの休業を伝え、納品時期を延期して貰うよう指示を出した。

その後で菜穂は信用金庫の担当者に電話をして、休業を知らせた。後日リモートで打ち合わせをすることになった。

電話を切った時、北川からメールが来ていることに気付いた。

メールを開くと「大変な世の中になりました。真面目にコツコツと商売をしていた人たちが、突然の災難に言葉を失い途方に暮れておられます。これまでの経験も、長年培ってきた人脈も役に立たず、業種自体が存続出来るのかさえわからず、困惑されている経営者さんに中小企業診断士として、どう助言するべきなのか、私自身も頭を悩ませています。今、一つだけはっきりしているのは、生き残るには、頭を柔らかくする必要があるということです。これまで通りの商売のやり方は、残念ながら通用しないかもしれません。従来通りの商売の方法に固執せずに、どれだけ頭を柔らかく出来るかが、存続のカギになるでしょう。これまでとは違う種類のご苦労が増えて、大変だと推察致しますが、この困難を乗り切っていきましょう」と書いてあった。

頭を柔らかく——。確かにこれから大事になるかも。他のクライアントにも、同じものを送っているとわかる文言だけど、大切なことを言っている。契約してから初めて、北川から有益だと思えるアドバイスを貰った。

北川からのメールには、アスリが該当しそうな助成金についての情報が書かれた、サイトの一覧表が添付されていた。

これも役に立つ情報だ。貰えるものならなんでも貰って、アスリを存続させなくては。

アスリは過去に一度、資金繰りに苦労したことがあった。

それは三店舗目を出した後だった。それまで順調に売上を伸ばしていたため、店にバッグを並べれば売れると考えてしまっていた。どんどん新作モデル数を増やし多色展開もした。その結果在庫が増えて、資金繰りが悪化してしまった。

アスリは開業当初からセールはしないという方針だった。一度でも安売りをすれば、セールを待たれるようになってしまうからだ。だが信用金庫の担当者からは、セールをして在庫を減らすよう進言された。信用金庫の担当者は帳簿上の辻褄合わせしか見ていない。だが菜穂は十年後、二十年後を見ていた。二十年後も憧れて貰えるブランドであるためには、セールはどうしても避けたかった。

菜穂は信用金庫の担当者からは反対されたが、店舗ディスプレイの会社に仕事を依頼した。売りたい在庫品を目立つところにディスプレイして貰い、他の商品の陳列も修正を依頼した。そうして客へのプレゼン方法を変えると、それまで全く動かなかったバッグが、売れるようになっていった。少しずつ少しずつそうやって、余剰在庫を減らしていった。アスリは持ち直した。

この経験から菜穂はいろんなことを学んだ。在庫を適量にすること。信用金庫の担当者からのアドバイスは、無視してもいいこと。結局自分一人で判断するのだということ。経営者は孤独だということ。

あずきの背中を撫でながら菜穂は呟く。

絶対にアスリは潰さない。なんとしてでもアスリを生き残らせる。私のすべてだもの。私にはアスリしか残っていないから。守り抜いてみせるわ、見てて、あずき。

あずきが立ち上がりまた欠伸をした。

五

菜穂は急な階段を足元に注意しながら下りる。

地下一階の店のドアを開けると「いらっしゃいませ」と威勢のいい男性の声が掛かった。

フロアの中央にいた女性が振り返る。

友人の眞杉良美だった。

良美は笑みを浮かべて「来てくれたんだ」と言った。

「当たり前じゃない。今日で最後だなんて聞いたら駆け付けるわよ」

「有り難う」

「本当に今日が最後なの？」確認する。

良美が頷いた。

菜穂は言う。「残念だわ。凄く哀しいし、口惜しいわ」

高校の同級生の良美は、この居酒屋を繁盛させていたが、四度目となる時短要請を受けて閉店を決めた。その知らせを貰った菜穂はすっ飛んで来たのだ。

菜穂は花束を渡した。「こんな終わり方は不本意だろうけど、今日までお疲れ様でした」

良美は寂しそうな声で「有り難う」と繰り返した。

菜穂はカウンター席に着いた。

透明のアクリル板が、隣席との仕切りとして設置されている。

首を後ろに捻って店内を眺めた。

二十卓以上ある四人掛けのテーブルのうち、半分ほどに客たちが座っている。こちらのすべてのテーブルにも、透明のアクリル板が設置されていた。

この店は良美のすべてだったはず。どれだけ口惜しいだろう。

良美は苦労人だった。一回目の結婚では夫の借金で苦労し、二回目の結婚では夫の女性関係で苦労した。バツ2となった良美はこの居酒屋を開店し、二人の子どもを育て上げた。大病も経験したが見事に打ち勝った。

良美が両手それぞれに、ビールのジョッキを持って現れた。

一つを菜穂の前に、もう一つを隣席に置いた。

そして菜穂の隣席に座ると声を上げる。「今日は私も酔っぱらいまーす」

空元気を出す良美を目の当たりにして、菜穂は気持ちが沈んだ。

良美がジョッキを持ち上げて、アクリル板越しに乾杯の仕草をした。そしてマスクを外すとすぐに、ジョッキに口を付けてぐびぐびと飲んだ。

菜穂もマスクを外して、ひと口ビールを飲んでから言った。「繁盛しているお店だったのに」

「後十年、いや、二十年、いやいや、三十年続けたかった。この店で働いている時に、ぽっくり逝くのが理想だったのにさ。コロナのせいでお終(しま)いになっちゃった」

「続けるのは難しかった？」

「貰える協力金なんて雀の涙程度だもの。小さな店なら充分なんでしょうけど、うちの規模じゃ全然足りない。ここの家賃、結構いい値段するしさ。助成金とか支援金とか該当するものは全部申請して、お金を貰ったけどそれでも全然足りないの。それでももう無理だって思って閉店を決めたの」

菜穂は自分のことのように寂しくなる。他人事ではない。アスリもいつまで踏ん張れるか。

店舗営業は再開したが来店客が激減しているので、売上は悲惨な数字になっている。ネット通販も再稼働したが全く売れていない。貰える助成金では足りず、これまでの利益剰余金を取り崩して、なんとかその日その日を乗り越えている状況だった。

良美が「ちょっとごめん」と言って他の客のテーブルへ向かった。

それからすぐに菜穂の前に小皿が置かれた。

若い男性従業員が「今日が最後なんで店からです」と言う。

菜穂は礼の言葉を口にして鯖の燻製に箸を伸ばした。

旨味がぎゅっと凝縮されていて美味しい。ビールも進みそうだが白飯も進みそうな味だ。魚料理が自慢の店が、最後の日に客にサービスとして出すのに、相応しい品だった。

良美は若い頃から釣りが趣味だった。友人らを自宅に招き、釣った魚を自らさばいて振る舞うことが多く、それが居酒屋を開く夢に繋がったと聞いている。

隣席に良美が戻って来た。

そして「アスリは大丈夫?」と聞いた。

「なんとか頑張ってるけどいつまで耐えられるか」

「私はダメだったけど菜穂は頑張ってね」

菜穂は頷いた。

良美がビールを飲んでから言う。「明日からなにしよっかなぁ。私さ、老後の計画なんて一つも立ててなかったのよ。ま、コロナだから家にいるしかないんだけど。多分、私、老け込むと思う」

菜穂は掛ける言葉を探す。だがなにも思い付かない。

その時「女将(おかみ)さん」と客から声が掛かった。

良美は「ちょっとごめんね」と再び断ると席を立った。

菜穂はビールを飲み鯵(あじ)のなめろうを味わう。

その後に運ばれてきた料理にも箸を伸ばし、胃袋を満たしていく。

少しして、背後に人の気配を感じた。

振り返ると、啓太が立っていた。

「あら、啓太君」と菜穂は声を掛けた。「今晩は」

啓太がきゅっと唇を引き結んだ。

それから「ん。今晩は」と言った。

啓太は通っていた障碍者施設が倒産してからは、母親の良美が経営するこの店で働いていた。

菜穂は尋ねた。「隣に座って、一緒に食べる?」

啓太はこくりと頷いた。

菜穂は取り皿にイカフライを載せて、啓太の前に置いた。「飲み物は？　オレンジジュースにする？」

「ん。オレンジジュース」

菜穂はオレンジジュースを注文し、話し掛ける。「今日でこのお店、最後なのね。凄く寂しいわ。啓太君は？」

「ん」

「寂しいの？」

「ん」

「そう。お母さん、元気なフリをしているけど、本当はとっても寂しいし、堪(こた)えてると思うの。お母さんに優しくしてあげてね」

「優しく？」

「そう。優しくしてあげて」と菜穂は言った。

「ん。優しくする」

突然胸に痛みが走った。涙が零(こぼ)れそうになる。

慌ててテーブルの紙ナプキンを目に当てた。

啓太は智幸と同じ年に生まれた。智幸は七歳で天国に行った。だから菜穂の心の中にいる息子は七歳から年を取らない。啓太に会う度、良美から啓太の話を聞く度、そうか、もうそんな年なのかと驚いた。その後には必ず智幸が生きていたらと考えてしまう。そんなことを考えれば寂しくなるに決まっているのに、智幸と啓太を重ね合わせることをやめられない。

智幸が生きていたら……これからのことを心配する私に、優しい言葉を掛けてくれるんじゃないか……そう思ったら、哀しくなってしまった。

気を取り直して菜穂は聞いた。「イカフライ、美味しい？」

「ん」

「そうよね。ここのイカフライは最高だもの」

「最高？」

「そう。最高。世界で一番美味しいイカフライでしょ？」

「ん。最高」と啓太は高らかに宣言すると次のイカフライに箸を伸ばした。

菜穂は首を後ろに捻った。

客に囲まれた良美が撮影者のスマホに向かって、ピースサインをしていた。

六

史子が言う。「来シーズンの広告の件なんですが、実施するのでしたら、もう動き出さないと間に合わないのですが、どうしたらいいでしょうか？」

菜穂は苛立つ。そんなこと、わざわざ聞いてこないでよ。この現状を見たらわかるでしょ。

来シーズンの広告に回せるお金がないから、ゴーサインを出していないに決まってるじゃない。

しばしの間を置いてから菜穂は「引き続き保留」と答えた。

先月に二回目の緊急事態宣言が発令された。コロナの第三波が日本を席巻（せっけん）している。アスリはまた営業時間の短縮を強いられている。そうした中での売上は、リアル店舗もネットショップも厳しい状況が続いていた。バッグを買おうという空気が今の日本にはなかった。

菜穂はノートパソコンの横に置いた、マグカップに手を伸ばす。コーヒーに口を付けてから、ノートパソコンに目を戻した。

書斎のデスクに置いたノートパソコンの画面には吉井、史子、エマが映っている。それぞれの自宅と繋いで、オンライン会議をしているところだった。

書斎を閉め切っているため、室内に入りたいあずきがドアを引っ掻（か）く音がしている。

エマが口を開いた。「来シーズンの新モデルの企画が中断したままになっていますが、メーカーからどうなっているのかと、問い合わせが来ています。メーカーにはなんと言えばいいでしょうか？」

「保留と言って」と菜穂は回答する。

企画なんて進められっこないじゃない。メーカーに新デザインを、発注出来る状況じゃないんだから。あなたたちは一体私になにを言わせたいの？　なんと言えばいいでしょうかなんて聞いてこないでよ。この現状でどうしようがある？　お金がないのよ。

国や自治体の特別融資制度はあるが、それは結局借金だ。無利子であったり、返済までの猶予があったりしても、いずれは返さなくてはならない。商売を続けられるのかがわからない現状では、借金を返せるかは不透明だ。そんな状態で融資を受けるのは危険だから、申請していない。

来シーズンを迎えられるかがわからない。コロナがいつ終息するかに懸かっていた。これまで一生懸命やってきたのに、コロナに運命を握られていることが口惜しい。

菜穂は尋ねる。「他になにかある？」

三人ともフリーズしたかのように固まっている。

菜穂が会議の終了を宣言しようと口を開きかけた時、史子が言った。「あの、すみません。なんて言いますか、このままではアスリは大変ですよね？」

あぁ。またクビになるか心配だと言いたいのね。皆、自分のことばかり。

菜穂がうんざりしていると史子が続けた。

「えっとですね、コロナのせいで通勤する人が減りました。通勤だけではなくて外出する機会が減ったので、アスリの売上は厳しくなっていると思うんです。コロナが終息すれば、元のような売上になると思っていますが、と言いますか、そうでなければ困るのですが、はい。今はですね、コロナが終息するのを待つだけではなく、コロナの時期だから売れるというものを、販売したらどうかと思うのですが。えっと、すみません。提案です」

「えっ？　ちょっとよく聞いてなかった。もう一度言ってくれる？」菜穂は言った。

「はい、すみません」史子が話し出す。「今は通勤や外出する人が減っていて、それでアスリのバッグが、売れなくなっていると思うんです。今、外に出る機会といったらスーパーへ行く時か、犬の散歩ぐらいでしょうか。そういう時でも手ぶらで行く人は少ないと思うんです。ですので、そういう時に使えるバッグを販売したらどうかと考えました。そういうシーンで使用するので革製のバッグではなく、ナイロン製のものがいいのではないかと考えたのですが……」

目を剝いた。「アスリは安さが勝負のバッグを売っている店じゃないのよ。作りがしっかりしていて高見えするのが人気なのよ。海外のハイブランドほどではないけど、二万円を超えるバッグは、憧れているからこそ支払える額なんだから。それなのにスーパーに行く時のバッグですって？　ナイロン製って言ったわね？　そんなものを作ったら、これまで必死で積み上げてきたブランドイメージが、崩壊しちゃうわよ」

珍しく反論する。「Pはイタリアのハイブランドですが、人気のシリーズはナイロン製です。革はごく一部に使っている程度で、ブランドロゴを一つ縫い付けてあるだけです。それと、あれです。Vもです。Vはフランスのハイブランドですが、やはり人気のシリーズの素材は、綿にビニール加工をしたものです。革ではありません。ブランドアイコンをびっしりプリントしてあるだけです。どちらも素材は革ではありませんが、高級感がありますし、ブランドイメージを貶（おとし）めてもいません」

「…………」

エマが口を開く。「デザインがお洒落であれば、ブランドイメージに傷は付かないですよー。

ちょっと考えてみたんです。ジャーン。これ、どうでしょうか？」

エマがデザイン画を持ち上げてカメラに向けた。

黒地のエコバッグの中央に、赤い文字でａｓｌｉと書かれている。裏地は文字と同色の赤にとコメントが入っている。

「こっちは犬の散歩の時に使って貰うバッグです」と言って、エマがもう一枚のデザイン画をカメラの前に出した。「エチケット袋とか、水のペットボトルとか、散歩で必要な物を入れるバッグです。トートタイプにショルダーストラップを付けて、二通りの使い方が出来るようにしたら最高ですよ。絶対ですよ」

吉井が発言する。「このデザイン画のようにブランドのロゴが入っていれば、アスリのものだと周囲に認識して貰えますから、優越感も味わえるはずです。日常の買い物をする時や、散歩の時に持つバッグは、なんでもいいと思う人もいるでしょうが、こだわりたいと思う人もいるのではないでしょうか。こんな時だからこそ、そうした時間を楽しめるように、好きなブランドのバッグを持ちたいと考える人は、増えている気がします。そういった人たちを満足させられるデザイン案だと思います。ネットショップで売れるのではないでしょうか」

あなたたち——打ち合わせ済みだったのね。私のいないところでアスリの商品企画をするなんて、生意気なのよ。ナイロン製のバッグ？　とんでもない。そんなものを作って急場を凌ごうなんて安易過ぎる。

菜穂は怒りを含んだ声で言った。「そんな提案は認めません。どんなに苦しくても、アスリを安売りするような真似は許しません」

七

ノートパソコン画面の中の北川がボードに付箋を貼った。

次々に付箋を貼っていく北川の背中を、菜穂は眺める。

オンラインでの打ち合わせの途中で、北川が突然「整理してみましょう」と言い出した。菜穂の話を聞きながら付箋にメモを取っていたようで、それを分類して貼るという。

北川がくるりと身体を回すとスマホを手に取った。そしてスマホに内蔵されているカメラを、ボードに近付けた。

北川が言う。「感情の欄にある付箋が滅茶苦茶多くなりました。これ、すべて高林社長さんの言葉ですよ」

カメラはボードの左端に縦に並べた黄色い付箋を、上から順に映していく。

［生意気］［社長に隠れて打ち合わせをしていた］［クビになるのを心配しているだけ］［うんざりする］［考えが甘い］などといった言葉が書かれている。付箋は二十枚ぐらいありそうだった。

次にカメラは右隣の［利点］の欄を映す。

そこには一枚だけピンク色の付箋が貼られていて［利益が出る］と書かれていた。

更にその右の［問題点］の欄には［ブランドイメージが悪くなる恐れ］と書かれた薄緑色の付箋が一枚あり、その右の［解決策］の欄には［高級感のあるデザインにする］と書かれた水色の付箋が一枚あった。

北川がスマホを元の位置に戻した。「今日伺った話を整理してみました。こうやって見ると、感情の欄がダントツで多いというのがわかりますね。高林社長さん、僭越ながら申し上げます。部下から出された提案を検討する時には、感情は一旦枠外に出しておかないと、判断を誤ってしまいます。部下の方たちが出してきた提案は、とてもシンプルですよね。ナイロン製のエコバッグや、犬の散歩の時に使うバッグを、販売したらどうかという提案です。ここにあるように問題点は、ブランドイメージが悪くなる恐れがあることですが、部下の方たちも心得ていて、高級感のあるデザインにすると言っている。また素材は革を使用しなくても高級感に影響は出ないことは、他のブランドのものによって証明されている。私はいい提案だと思います。感情を一旦脇に置いて、話の全体像を俯瞰して見てみてください」

なによ、それ。それじゃまるで私がヒステリー女で、自分の感情を優先させて、部下の仕事を正当に評価出来ない人みたいじゃない。違うわよ。違う。多分。そう？　本当に？　わからない。

先週、部長たちから不意打ちで提案を受けた。気に入らなかった。だから北川とのオンラインでの打ち合わせの中で、その話をした。そんな部下をもって大変ですねと同情して欲しかったし、私の判断が正しいと言って貰いたかった。

だが今、北川の手で整理してみれば、ボードに貼られた付箋のほとんどは、私の感情的な言葉だった——。

私は自分の感情を優先して、経営を危うくするような社長ではないと思っていたのに。

北川が画面の向こうで席に着いた。

そして「吟味を進めてみましょう」と言って、二枚の付箋を自分の顔の横に持ち上げた。

［オリジナリティ］と［勝算］という文字がそれぞれに書かれている。

北川が話し始める。「新しい企画を吟味する際に大事なのは、この二つでしょうか。まずはオリジナリティについて検討してみましょう。エコバッグも犬を散歩させる時のバッグも、すでにありますからね。やはりなにがしかのオリジナリティがないと、苦戦するのではないでしょうか。どうでしょう。なにかアイデアはありませんか？」

「…………」

「バッグのことは素人なので、とんでもないことを言ったとしてもご勘弁頂きまして、ナイロン製とひと口に言っても、色々あるのではないでしょうか？　だとしましたら、素材でオリジナリティを出すという手がありますね。すぐに浮かぶのはリサイクル素材とか、非常に強度がある素材なんて辺りでしょうか。ナイロン製じゃなくて、自然の素材を使ったものというのもアリですよね。発展途上国の女性が編んだ素材、なんて切り口があるものでもいいですね。頓珍漢な発想になっていますか？」

「……いえ……頓珍漢ではないと思います」

「そうですか。それならば調子に乗って、思い付いたアイデアを披露させて頂きましょう。犬の散歩の時に使うバッグの方ですが、犬の名前を入れるとか、イニシャルを入れるとか、そういうオーダーを受けるというのはどうでしょう。お犬様に掛ける金は惜しまない人は多いようですからね。世界でたった一つの、ペットの名前が入ったバッグというウリは、飼い主さんたちのハートを摑みそうに思います」

「それは……ええ、そうですね。飼い主は欲しくなるでしょう」

菜穂は書斎のドアに目を向けた。

ドアを引っ掻くことに疲れたのか、あずきが廊下を行ったり来たりしている足音が、微かに聞こえてくる。

北川が言う。「今、素人が考えただけでも、これだけアイデアが出てきます。皆さんでアイデアを出し合ってみてはいかがでしょう。次に勝算をどう読むかという点について、検討してみましょうか？」

「はい」

「どんな新商品にするにせよメーカーに発注すれば、その料金を支払わなくてはなりません。すぐにお客さんが買ってくれればその入金の一部を、メーカーへの支払いに回せます。しかしすぐにお客さんが買ってくれなかったら、内部留保を取り崩して、メーカーに支払いをしなくてはいけません。このリスクがありますね。更に予想より売れなくて、在庫を抱えてしまうというリスクもあります。こういう時、普通の中小企業診断士は細かい数字を社長さんにお見せして、リスクを説明するのでしょうが、生憎私は普通じゃないので、シンプルに表現させて頂きます。やってみた時のリスクは今話したように二つ。ではやらなかったらリスクはゼロでしょうか？　ゼロではありません。コロナの感染者が減って、元の生活スタイルに戻れる日は、いつになるかわかりません。赤字がこのまま増えていくことになり、資金が底をつく可能性がありますから、リスクは一プラスXとなります。やらない時より、やった時の方がリスクが低い可能性もありますから、まぁ、どっちも同じくらいリスクがあると、考えたらいいのではないでしょうか」

「………」

「次にこのリスクを減らすことは出来ないかを、検討してみましょうか」

「はい。お願いします」と菜穂は言った。

「在庫は極力抱えたくないですね。でもお客さんから注文を受けてから、メーカーに発注するのでは、納品までに時間が掛かり過ぎてしまって、お客さんは待ってくれない。売り逃してしまいます。これは出来れば避けたい。これ、オーダーにしたら解決出来そうな気がします。散歩をする時のバッグに、ペットの名前やイニシャルを入れるオーダーの場合、注文してから作るので、少し時間が掛かりますよとしても、大抵のお客さんは納得してくれそうに思います。勿論、注文が入ったらメーカーに発注ということですから、在庫を抱えなくてもいいですしね。メーカーさんと交渉した上でのことになるでしょうが」

「確かにそれだと……リスクは低く出来そうですね」

笑みを浮かべた。「頭を柔らかくして、色々と検討されてみてはいかがでしょう。感情を一旦外に放り出してから。部長さんたちは、自分がクビになりたくないとの思いもあるでしょうが、それと同じか、それ以上にアスリさんを、潰したくないという思いがあっての提案だと推測しますよ、私は」

「………」

「経営者の方は皆孤独です。責任感が強くて真面目な人であればあるほど、孤独感が強くなるようです。でもですね、会社のことを思っているのは、社長さんだけじゃないもんなんですよ。社員さんたちだって会社のことを大切に思っているし、誇りに思っているもんですよ」

菜穂はぎこちなく礼の言葉を呟いて、打ち合わせを終わらせた。

頭の中がフル稼働しているようでいて、なにも浮かんではこない。

書斎のドアをそっと開けると、その隙間からあずきが顔を出す。そして嬉しそうにしっぽを振った。

散歩に連れて行こうかしら。

菜穂はチェストの引き出しからリードを取り出して、あずきに見せる。「あずき、散歩行くよ。シーしてきて」

あずきは菜穂の言葉を理解したようで、すぐにランドリールームへ小走りで向かう。

散歩の前にトイレを済ますことを、あずきは学習していた。

菜穂はバスケットから布製のトートバッグを持ち上げた。しげしげとトートバッグを眺める。

紺色の帆布生地でどこにもロゴは入っていない。

これはどこで買ったんだったか……あぁ、貰ったんだった。

犬の美容院に行ったら開店記念日だと言われて、これを貰った。サイズがちょうどいいので愛用している。

あずきを連れて、家を出た。

歩道に人の姿はなく車道を走る車も少ない。

美容院とコンビニの間の道を左に折れた。

向こうからランニングウエア姿の男性が、マスクをしたままで走って来る。

リードを少し右に引っ張って、あずきがぶつからないよう歩道の端に誘導する。

男性とすれ違い尚(なお)も進んだ。

四つ角で右に曲がる。

そしてスポーツクラブの前で足を止めた。

入り口のガラス扉に、閉所したと書かれた紙が貼られている。

ついにここも……。

散歩コースにある店に貼られた紙が、一時的な営業休止を知らせるものから、閉店を知らせるものに変わるケースが、どんどん増えている。

ふいに、さっきの北川との打ち合わせを思い出す。

北川はいろんなアイデアを口にしていた。菜穂が考えもしなかったことを。もしかしたらあの変な男は、凄い男なのかも。

あずきにリードを引っ張られて菜穂は歩き出す。

しばらく歩くと、焼き肉店の前にテーブルが置かれているのに気が付いた。

弁当の販売をしている。

個室のある店で接待で何度か利用したことがある。

夜だと一人四万円ぐらいになる高級店だったけど……弁当の販売を始めたのね。生き残るために、頭を柔らかくしたのかも。

皆、頑張ってる。

焼き肉店を通り過ぎ、クリーニング店の手前を右に折れた。二軒目の生花店の前で、菜穂は消毒液が入ったポンプを押した。掌を擦り合わせてからあずきを抱きかかえる。そして店内に足を踏み入れた。

「いらっしゃいませ」と店長の竹下美咲が言った。

あずきの散歩の途中で週に一度は寄る店だった。

「今日はなににされますか?」と竹下が聞く。

店に並ぶ花々を眺める。「コロナでも、こちらはいつもと同じぐらいの数を並べているのね。影響はないの?」

「場所にもよりますが、花屋の売上は伸びているようですよ」

「そうなの?」

「はい。自宅で過ごす人が増えていますから、せめて花を飾ってといった気持ちになるようです」

「そうなの。羨ましい」思わず呟いた。

菜穂は少し時間を掛けて花々を眺めてから言った。「白いカラーを十本ください」

菜穂はカラーが一番好きだった。凛としていて媚びていないように見えるところが、気に入っている。

竹下がカラーを抜き出すと「背の高い器に入れるなら丈は長めがいいですか？」と尋ねた。

「そうね」

竹下が自分のウエストにベルトで留めている用具入れから、鋏を取り出した。

菜穂は質問する。「それはなんて言うの？」

「はい？　この用具入れですか？　フローリストケースと呼んでます」

「どこで売っているの？」

「私はネットで買いました。一万円ぐらいでした。便利ですよ。というか、これがなかったら商売に差し障りが出るぐらいです」

中にいくつものポケットがあり、そこに鋏やカッター、ペン、ステープラ、スマホなどを収めていた。

「その素材はなにかしら？」と菜穂が聞くと竹下は首を捻った。

「さぁ、わかりませんが革ではないでしょうね。濡れた鋏を入れますから、水に強い素材だということぐらいしか、私には」

「何回も来ているのに初めて気付いたわ。店長さんがそういう便利なものを身に付けているって」

鋏をカラーの茎の一点に当てた。「ここでどうですか？」

菜穂が頷くと竹下が茎をカットした。

八

菜穂は画面の中の吉井、史子、エマに向けて発言する。「あなたたちが言うようにこのピンチを乗り切るために、革ではない素材のエコバッグを作って貰って、ネットで売りましょう。ただし普通の素材ではなく、リサイクル素材のものにします。リサイクルされたＰＰバンドを編み上げて作る、籠（かご）タイプのバッグにしましょう。その編み上げる作業は、障碍者施設で働いている人たちに、お願いしたいと考えています。犬の散歩の時に使って貰えるバッグも、リサイクルされた素材のトートバッグにして、そこにペットの名前を入れられるようにします。このペット用とは別に子どもの名前やプレゼントなどで、人の名前を入れたいお客さんに対しても、販売するようにします。このプリント加工も、障碍者施設にお願い出来たらと思っています。どちらもネットで注文を受けてから製作するスタイルにして、在庫はもたないようにします。勿論アスリのロゴは入れるけど、これまで販売してきたのとは違うラインだとわかるように、プレートを付けるのではなく、ＰＰバンドや生地に直接印刷するようにします」

三人ともノーリアクションだった。

それぞれの自宅を繋いでのオンライン会議中だった。

菜穂はいつも通り、書斎のデスクに載せたノートパソコンに向き合っていた。

書斎を締め出されたあずきは、ドアの向こうで拗ねているはずだ。

三人はなにも言い出さなくて、気詰まりな時間はどんどん過ぎていく。

落ち着かなくて、菜穂はマグカップのコーヒーに口を付けた。

もしかして私がやろうとしていることは全然違う？　これが成功するかどうかは、わからない。バッグとはいっても、これまでやってきたのとは違うタイプのものだし……でも生き残るためには、なにかしなくては。北川のアドバイスを元に私なりに考えてみたのが、この計画なんだけど……ノーリアクションはやめてよね。どんどん不安が大きくなるじゃない。

すると突然エマが声を上げた。「それ、凄くいいですね。社長のアイデア、最高ですよ。それ、ナイスですよ」親指を立てた。

史子が言い出した。「私もいいと思います。そういう商品にストーリーがあるの、いいですよ。きっと売れますよ」

吉井が「私も素晴らしいアイデアだと思います」と言った。

三人が目を輝かせている。

おかしいわね。三人がいいと言ってくれたことがちょっと嬉しい。

吉井が質問する。「作ってくれる障碍者施設に心当たりはあるんですか?」

菜穂は「これから探さないと」と答えた。

すると史子が手を挙げた。「えっと、すみません。友人の息子さんが障碍者施設に通っているんです。そこを紹介して貰えるかもしれません。そこがどういう作業を請け負っているかはわかりませんが、聞いてみましょうか?」

「お願い」菜穂は言った。

今度はエマが手を挙げる。「リサイクル素材を仕入れる先は、もう決めてあるんですか?」

「それもこれから」と菜穂が答えると、エマが「旦那(だんな)がこの前、リサイクル素材の展示会に行ったと言っていたので、聞いてみます」と発言した。

菜穂は言う。「お願い」

史子が再び手を挙げる。「あの、打ち合わせをしているところや、実際に作っているところを撮影して、サイトで販売する時にその映像も見て貰ったらどうでしょう。誕生するまでのプロセスを」

エマが明るい声を上げた。「それもナイスですー。作っている人の顔が見えた方がいいですもんね。買う動機になりますよ。スーパーで、私が作りましたっていうシールが貼られている方のキュウリを、買っちゃいますからね、やっぱり」

史子が苦笑いをする。「キュウリとバッグを一緒にしちゃうの?」

エマが目を丸くする。「あれ? 一緒でしょ?」

史子が首を捻る。「どうかなぁ。吉井部長はどう思います？」

「私？」吉井が驚いたような表情を浮かべた後で、すぐに考え込むような顔になった。「どうですかねぇ。一緒で……いいということにすると……マズいですかね？」

いつも通りはっきりしない態度をした吉井に、史子は「そう言うと思いましたよ」と言って笑い、エマも大きな口を開けて笑った。

こんな雰囲気の会議は久しぶりだと菜穂は思う。コロナによってそれまでの商売が出来なくなってからは、私はずっとピリピリしていた。不安だったから。私の不安や苛立ちを感じ取った三人は、会議で困ったような顔をするばかりで、無駄口は一切叩かなかった。不安が小さくなった訳じゃないけど、やることを決めた今は気持ちが少し落ち着いている。私次第で会議の雰囲気は随分変わるのね。

菜穂は話し出した。「アスリは今とても苦しい状況よ。コロナがこれほどの長期間に亘って、私たちの生活を変えてしまうとは思っていなかったわね。アスリがあとどれだけ持ち堪えられるか……正念場よ。以前のようにアスリのバッグを売れる日がくるまで、新しいこの企画で急場を凌ぎましょう。だから時間を掛けることは出来ないの。超特急でやって欲しい。明日じゃなくて今日。いえ、今日でも遅い。今動く。それぐらいの意識でことに当たって頂戴」

真剣な顔になった三人が同時に「はい」と言った。

九

障碍者施設、田中事業所の職員、佐藤健太郎は言った。「仕事を頂けるのは大変有り難いと思っています。このコロナ騒ぎで取引会社さんが休業されたり、売上が落ちていたりするせいで、注文数が減って困っているところでしたので、こういう時にお声を掛けて頂けるのは、本当に有り難いんです。ただですね、こういう籠バッグを作るのは初めてなんです。私どもの施設で働いているスタッフは、新しいことを自分のものにするまでに、少し時間が掛かるんです。この点はご理解頂きたいんです。ですから、やらせて頂きたい気持ちはあるのですが、販売開始までいくらもありませんよね。それまでにうちのスタッフが、覚えられるのかという心配があります。ネットで注文を受けて、その五日後に納品するんですよね？　販売開始日をもう少し後ろにして頂くことは、出来ないのでしょうか？」

菜穂は口を開きかけたが、隣席の史子が先に答える。「本来ならこういうことは時間を十分に掛けて行うべきだというのは、私たちもよくわかっています。本当です。すみません。ただですね、コロナなんです。私たちもコロナの影響を受けています。現状を変えるためには籠バッグがどうしても必要で、それは一刻を争うんです。そちらのご事情もあるかとは思いますが、なんとかご協力頂けないでしょうか」

佐藤は困ったような顔をした。

四十代ぐらいの佐藤は小太りで、丸いフレームの眼鏡を掛けている。

六畳ほどの部屋には小さな窓が一つあり、五センチほど開いている。感染対策のためだろう。そこから冷たい風が入ってきて足元が寒い。

今日は史子のツテを頼りこの障碍者施設にやって来た。

テーブルには素材メーカーから貰った、手芸用PPバンドのサンプルが一巻置いてあった。リサイクル率が百パーセントのPPバンドだ。

三日前にエマの夫に紹介して貰った素材メーカー、スターユニットに彼女と二人で行き、このサンプルを受け取った。籠バッグとトートバッグの素材を、スターユニットから購入することになっている。

佐藤が口を開く。「今は週に二日だけ出社して貰っていまして、自宅で出来る仕事は自宅でやって貰っているんです。これだけ感染者が増えているのに、ワクチンが順番待ちの状況では、出社させるのは忍びないものですから。慣れた作業なら自宅でというのも可能なのですが、こちらの籠バッグは、これから作り方を覚える訳ですからね。どうやって作業を覚えて貰ったらいいのか……そこがネックですね」

史子がテーブルに額が付きそうなぐらい頭を下げた。「すみませんがお願いします。皆さんに覚えて頂けるよう、私もお手伝いさせて頂きますので、なんとかお願いします」顔を上げた。「実際に私も編んでみました。その時に撮った動画があります。注意点とか、綺麗に仕上げるためのコツのようなものも、その動画の中で紹介しています。それをスタッフの皆さんに何度も見て頂いて、練習して頂くというのはいかがでしょう。難しいことを言っているというのは、わかっています。すみません。それでもお願いするしかないんです。どうか皆さんのお力をお貸しください」再び深く頭を下げた。

菜穂も頭を下げた。

どうしよう。ちょっと泣きそう。史子がアスリのために頑張ってくれている——。

菜穂の頭にかつて奮闘した日々が蘇る。

両親から継いだ郊外の店で、オリジナルバッグを売りたいと思った。卸会社はどこのメーカーも紹介してくれなかった。しょうがないので自分でメーカーを探して、一軒一軒交渉して歩いた。デザイン画を見せて、作って欲しいと何度も頭を下げた。だがどこも、そんな数じゃ採算が取れないと言って、受けてくれなかった。鼻で笑われたこともある。口惜しくて眠れない日が続いた。それでも諦めずにメーカーを訪ね歩き続けた。一年後にやっと菜穂がデザインしたバッグを、作ってくれるメーカーを見つけた。

夫から引き継いだ女性社長が経営する、小さなメーカーだった。その社長は言った。「男たちは数字ばかり気にする。でも誰かの夢の実現を手伝える機会があるのなら、それに乗りたい。その方が楽しいもの」と。そう言って社長は朗らかに笑った。その時の笑顔を菜穂は今でもはっきりと覚えている。

思い通りのバッグを作りたくて始めたことだったが、受けてくれたその社長のためにも成功したいと、モチベーションは更に上がった。

そのメーカーとの取引は現在まで続いている。

作って欲しいとこうして頭を下げるのは、あの時以来かもしれない。あの頃よりも危機的状況だけど……孤独じゃない。今の私には、隣で一緒に頭を下げてくれる従業員がいるから。

佐藤の声がした。「わかりました」

菜穂は顔を上げた。

隣の史子も頭を上げる。

佐藤が言う。「販売開始日までにスタッフたちに作業を覚えて貰うよう、やらせて頂きます」

菜穂と史子は「有り難うございます」と声を揃えた。

佐藤が「まずは作り方を私に教えて貰っていいですか?」と言うと、史子が「はい。喜んで」と元気よく答えた。

後は史子に任せて菜穂は施設を出る。

次の障碍者施設に向かうためタクシーに乗った。

菜穂が行き先の住所を告げると、運転手は慣れた様子でカーナビを操作してすぐに発進した。

これから行く障碍者施設は吉井の妹、山城(やましろ)の紹介だった。その山城が以前仕事を頼んだことがあるという。そこは、日頃からプリント加工を引き受けているところだったので、話はスムーズに進んだ。

日を置かずに印刷したサンプルを送ってくれたのだが、ロゴを入れる位置と色味を修正したかった。その依頼と確認が今日の訪問の目的だった。

二十分ほどで施設に到着した。

雑居ビルの三階に柏崎(かしわざき)事業所は入居している。

一階のうどん店の窓ガラスには、お持ち帰り出来ますと書かれた紙が貼ってあった。

うどん店を回り込み、小さな入り口からビルの中に入る。

エレベーターで三階に昇ると、小さなカウンターがあり、その向こうにデスクが向き合うように二つ置かれている。

その右側に着いていた柏崎深雪(みゆき)が立ち上がった。

ここの所長だった。今日はオレンジ色のセーターを着ている。菜穂と同年代に見える柏崎は話し好きな人だ。先週菜穂が訪問した時には仕事の話の合間に、柏崎が猫を飼っていることや、一階のうどん店ではゴボ天がお薦めなこと、前日に自転車同士の事故が、近くであったことなどを聞かされた。

柏崎に連れられて廊下を進む。

中央付近で柏崎が足を止めるとドアノブを回した。

ドアを半分ほど開けて「どうぞ」と言うので、菜穂は室内に足を踏み入れた。

壁際にデスクが横並びに三台置かれ、それぞれにパソコンが載っている。その左側には一メートル幅ぐらいの機械があった。この機械でサンプルを作ると聞いている。

室内にはサンプル制作を担当している、箱石正樹(はこいしまさき)だけがいた。

箱石は恐らく四十代ぐらいだろう。スポーツ刈りにしていて、ダボっとした黒いセーターを着て、黒いマスクをしていた。

柏崎に勧められてテーブルに着いた菜穂は、バッグからサンプルを取り出した。

そしてテーブルに広げて言う。「ロゴの位置なんですが三ミリ下にして欲しいんです。反対側に入れる、オーダー毎に入れる名前の位置も三ミリ下でお願いしたいんですが、出来ますか？」

箱石は顔をドアの方に向けてしまい、サンプルを見てくれない。

すると柏崎が首から紐（ひも）で下げていた眼鏡を掛けた。

そしてサンプルを手に取り、しばし眺めてから箱石に尋ねた。「正樹君、このマークと名前をプリントする位置を三ミリ下げて欲しいんだって。出来るよね？」

箱石はドアの方に視線を向けたまま、左手を自分の左頬に当てた。

菜穂は一気に不安になる。トートバッグへのプリント加工は、普段から注文を受けていると聞いたから、こっちの事業所との仕事は、スムーズに進むと踏んでいたのに。本当にこちらの指示通り、ちゃんと印刷してくれるのかしら。

少しして突然箱石がすっくと立ち上がった。そしてパソコンの前に座るとキーボードを叩き始めた。

それは……直し作業を始めたってこと？　なんだかコミュニケーションを取るのが難しい。

菜穂はその背中に声を掛ける。「色の修正もお願いします。ゴールドの色をもう少し強く出して欲しいんです」

箱石からの返事はなかったが、柏崎が「わかりました」と答えた。

柏崎は立ち上がると箱石の隣に移動して言った。「正樹君、金色を濃くして欲しいんだって。出来るよね？」

箱石が手を止めた。「金色、濃く？」

柏崎が頷く。「そう。濃く」

箱石はまた左手を自分の左頰に当てた。

しばらくそうしてから徐（おもむろ）にマウスに手を伸ばした。

柏崎が菜穂の向かいの席に戻って言った。「修正して実際にプリントしてみますので、少々お待ちください」

「有り難うございます」と菜穂は礼の言葉を口にした。

「いえいえ」柏崎が手を左右に振った。「バランスというのは大事ですものね。納得頂けるまで何度でも修正しますので、ご遠慮なく仰ってください。こんなご時世ですからね、お仕事を頂けて助かってるんですよ」

「こちらこそ急な話なのに受けて頂いて助かりました」

「山城さんからお電話を頂きましてね。山城さんのお兄さんが勤めていらっしゃる会社で、お客さんからオーダーを貰って、名前をプリントするトートバッグを販売するので、製造と印刷をしてくれるところを、探しているというお話を伺いまして、すぐにやらせて頂きますと申し上げたんです。トートバッグの製造も名入れも、やったことがありますのでね。ただリサイクル率が百パーセントの素材でということだったので、正直申し上げて、そこはちょっとどうかなと思わないでもなかったんですけれど、頂いた生地のサンプルを拝見しましたら、問題ありませんでした。やたら伸びるとか、全然伸びないとか、そういう癖のある素材ではないので、これまでの経験を活かして、やらせて頂けるだろうと思いました。山城さんにうちの従業員たちは皆仕事が大好きなので、喜んで出社してくれますから、お任せくださいとお話ししたんですよ、私。あっ、でもあれですよ、コロナ対策はしっかりやっていますし、出社も交替制にして、従業員たちが感染しないように配慮していますので、そこはご安心ください」

「よろしくお願いします」

箱石が立ち上がった。機械の前に移動して中を覗き込む。

柏崎が言う。「そういえば先週、山城さんのお兄さん、吉井さんもわざわざ挨拶にお越しくださったんですよ」

「えっ？　吉井がですか？」菜穂は確認した。

「はい」柏崎が頷く。「それでね、仰ったんです。うちの代表からデザインや縫製の出来などで、細かい指示が出るかもしれませんが、いい商品にしようと思うからのことなので、どうか最後までお付き合いくださいと仰って、私なんかに頭を下げられたんです。私は精一杯やらせて頂きますと申し上げました。それでちょっと伺ってみたんですよ。その社長さんというのはどんな方なんですかって。そうしたらアスリのために身を粉にして働いて来た人だって、そう仰ったんですよ。だから私ね、そういう人は格好いいですねと言ったんです。そうしたら、はい、格好いいんですって、吉井さん、自慢なさったんですよ。社員に自慢される社長さんって素敵だなと思いましてね、実は先週、社長さんに会うのを楽しみにしていたんですよ」

なんだって吉井はそんなことを……。

柏崎が声を発した。「私がお喋りしている間に出来たようですよ」

菜穂は顔を右に向けた。

箱石が二つのサンプルを見比べていた。

十

菜穂は壁際でUターンした。足を進め反対側の壁の前で再びUターンする。

吉井が言った。「社長、落ち着いてください」

落ち着いていられる訳ないじゃない。不安で、不安で、座ってなんていられないのよ。

社長室には吉井、史子、エマがいる。

今日の午前十時から、リサイクル率が百パーセントの素材を使った籠バッグと、名前を入れられるトートバッグのネット販売を開始する。

売れて欲しい。売上が欲しい。二回目の緊急事態宣言がまた期間延長となり、いつまでこんな状態が続くのかわからない今、なんとしてでも売りたかった。

史子がテーブルの皿に載った苺を指差す。「あの、苺です。良かったら食べてください」

なんで苺をこんな時に食べなきゃいけないのよ。

吉井が説明する。「半田部長は苺を食べると験がいいそうなんです。そうだよね？」

史子が答える。「はい。苺を食べた日はいいことが起こるんです。だから買ってきました」

菜穂はテーブルの上座に座りマスクを外す。そうして苺を口に入れた。

エマが「大丈夫。売れますよ」と明るい声を上げる。

こんな時でさえエマは陽気だった。

吉井が一つ頷いてから「ＳＮＳの反応は良かったんだよね？」と史子に尋ねた。

「は、はい。これまでの新商品の告知の時よりも、反応は凄くいいです」

広告費用を捻出するのは難しいため、公式サイトでの告知と、ＳＮＳでの情報発信に頼るしかなかった。これらは史子が担当した。

吉井が壁の掛け時計に目を向けた。

菜穂も時刻を確認する。

午前九時五十五分。

菜穂はノートパソコンの画面を見つめる。

胃が痛い。

思わず胸に手を当てた。

ちらりと吉井を窺うと、彼も胃の辺りを撫で回していた。

史子は自身のノートパソコンに向けて合掌している。

エマは何故か肩をぐるぐると回していた。

菜穂はノートパソコンの画面に目を戻す。画面の右隅の時刻表示を固唾を呑んで見つめる。

午前十時になった。

ネットショップでの販売状況がわかるページの、販売数の欄を凝視する。

ゼロ。

ゼロ。

ゼロ。

数字が動かない。

失敗だった？　いや、今、クレジットカード番号を入力しているところかも。どの色にするか迷っているのかもしれない。そういう可能性あるわよね？　そうであって欲しい。このまま一個も売れなかったなんてことになったら……あっ。数字が一になった。売れた。一つ売れた。良かった。本当に嬉しい。凄く。でも……二にならない。

画面の時刻表示を確認する。

午前十時十分。

販売を開始してまだ十分だもの。これからよね。お願いします。誰か買って。

菜穂は祈り続けた。

午前十時十五分になった。

販売数は一個だけだ。

突然史子がマスクを外した。苺を摑むと口に放る。

すると吉井も苺に手を伸ばした。

エマもぱくっと苺を食べた。そして苺を味わい、満足したような顔をした。

午前十時二十分。

ダメだった……そういうことなのね。突然障碍者施設で作った籠バッグをどうぞなんて言われても、はい、そうですかと買ったりしないか。リサイクル素材のバッグだって、すでにたくさん出ているし。障碍者施設のスタッフたちは物凄く熱心に練習して、準備をしてくれたのに。アスリの従業員だけでなく、施設の人たちもがっかりさせることになってしまった。はぁ。もう消えてしまいたい。

ため息を吐きそうになった時、数字が二に変わった。そして三、四、五……どんどん増えていく。

これって……。

史子が震えた声で言う。「これ、これ、これ、あれですよ。売れてきましたよ」

エマが両手を真っ直ぐ上げて、自分の頭上で拍手をした。

吉井が嬉しそうな顔で「やりましたね」と言った。

販売数はどんどん増えていき、あっという間に百を超えた。

良かった……本当に良かった。新商品を発売した情報はちゃんと伝わっている。それに買ってくれた人もいた。この調子で売れてくれれば——少しだけ、ほんの少しだけ希望の光が射した気がする。

菜穂は口を開いた。「良かったわ。全然売れなかったらどうしようかと思っていたけど……良かった、本当に。皆のお蔭。有り難う」

エマが驚いたような顔をした。

史子が言い出す。「やめてくださいよ、そんなこと言って泣かすの」目尻を指で拭った。

吉井が「泣き虫だな、半田部長は」と言ってスラックスからポケットティッシュを出して、史子の前に置いた。

史子がティッシュを一枚抜いた。「吉井部長だって目が真っ赤ですよ」

吉井が苦笑いをする。「参ったな。そういう指摘はしないで見逃してくださいよ」

私には一緒に心配して、一緒に頭を下げて、一緒に喜んでくれる従業員たちがいた――。私はラッキーな社長だった。

十一

菜穂は割り箸をテーブルに置いて「ご馳走様でした」と呟いた。

あずきの散歩の途中で、イタリアンレストランの前を通り掛かった。弁当を売っていたので買った。量がちょっと多いように思ったのだが、結局完食してしまった。コロナが流行するようになってから、外出の機会が減ったせいか、体重が二キロ増えてしまった。気を付けなくては。

エマも三キロ太ったと嘆いていた。エマの場合は趣味のフラメンコのレッスンに、行けなくなったのが大きな要因だろう。

弁当容器を片付けて、コーヒーメーカーのスイッチを入れる。

マグカップを棚から出した時、いつもと様子が違うことに気付く。

沸騰音がしないし電源ランプも点灯していなかった。

プラグがコンセントに入っているのを確認してから、スイッチをもう一度押してみた。

だが電源ランプは点かない。

壊れてしまったようだ。修理に出すよりも新品を買った方が安く済みそう。家電に詳しい史子に、なにを買ったらいいか聞くことにしよう。

アスリの従業員たちは家電を買う時には、まず史子に相談する。史子から出されるいくつかの質問に答えれば、ぴったりのものを提案してくれるのだ。

電気ポットの湯を挽いた豆に回し掛けて、手動でコーヒーを作ると書斎に向かった。

あずきは散歩で疲れたのか、リビングのクッションの上でウトウトしている。

書斎のデスクに着くとオンライン会議の準備をする。

約束の時間ちょうどに、北川の姿がモニターに映し出された。

オンライン会議でも北川は蝶ネクタイをしている。今日は水色の無地の蝶ネクタイだった。

菜穂は籠バッグとトートバッグが、予想以上に売れていることを報告した。

北川が笑顔で言う。「良かったですね」

「はい。これまでとはテイストがまったく違うので、受け入れて貰えるか心配していましたが、売れてくれてほっとしています。この調子で売れ続けてくれて、コロナ前の売上まで戻せるといいんですが」

「補助金や支援金はすべて入りましたか？」

「はい。申請したものはすべて。有り難いですがそうしたお金だけでは、減った金額すべてを補ってはくれませんから、やっぱり籠バッグとトートバッグは売れてくれないと」

それからこれまでとは違う補助金についてのレクチャーが、北川からあった。菜穂はメモを取りながら話を聞いた。

予定していた会議終了の時刻が迫り菜穂は言った。「仕事とは関係ないことなんですが、いいですか？」

「なんでしょう」

「この前北川さんが肌が弱いから、いいマスクを探していると仰ってましたよね。敏感肌用として売られているのは女性向けのものばかりで、サイズが合わなくて困ると。その後いいマスクは見つかりましたか？」

しっかりと頷いた。「はい。やっと見つけました。アメリカのブランドのものでネットで買っています」

「うちの吉井が、マスクで顔が痒くなって困っているようなんです。それでもし北川さんがいいのを見つけられていたら、教えて頂いて、それを吉井に伝えようと思いまして」

北川はブランドの名前を口にした。

そうしてから言った。「社長さんは変わりましたね」

「えっ？」

「以前より社長さんのお話に、従業員の方たちの名前がよく出るようになりました。以前も出てはきましたが十把一絡げにして、使えない人たちという登場のさせ方でしたが、最近はそれぞれの人間性についての言及が見られます」

「……………」

「コロナ危機によって、社長さんと従業員の方たちの間にあった壁が、取っ払われたんでしょうかね。いやいや、深い意味はありませんので、そんな難しい顔はされずに。ただの無駄話です」

北川との会議を終えた菜穂は、ノートパソコンを操作して、アスリの共用フォルダを開いた。客からの質問やクレームをまとめた表をチェックする。

一件の質問に目が留まった。

リサイクル率が百パーセントの素材を使っているそうだが、それはGRS認証かRCS認証を受けたものか、という問い合わせだった。

すぐにネットで二つの認証について調べてみる。

リサイクル素材を認証する国際的な制度があると、菜穂は初めて知った。

勉強不足だったわ。とにかく早く作らなくてはと気持ちが急いていたので、認証についての勉強が足りなかった。それで素材メーカーに、認証の件を確認することに考えが及ばなかった。

菜穂はスターユニットの担当者に、送るメールを書き始める。

認証を受けているかどうか、受けているならその名称と、そのマークを表示する場合の規則などを、教えて欲しいと記して送信した。

コーヒーのお代わりを飲もうと書斎を出た。

廊下を歩いていると、足音を聞き付けたあずきが飛び起きて走り寄って来る。

菜穂は屈んであずきを抱き留めると、そのまま持ち上げた。そしてあずきに頬擦りをした。

十二

菜穂は口火を切った。「今日集まって貰ったのは、皆の意見を聞かせて欲しかったからなの」

菜穂は社長室に集まった吉井、史子、エマを見回す。

それから告げた。「リサイクル率が百パーセントの素材を使っていると、私たちはスターユニットから聞いていたけど、それは嘘だったの」

三人ともが目を見開いた。

菜穂は続ける。「スターユニットに確認したら、リサイクル率が百パーセントの素材も扱ってはいるけど、私たちが購入したものは百パーセントではなく、リサイクル率は五十パーセントだというの。どうして嘘を吐いたのかと問い質したら、最初にリサイクル率が百パーセントの素材のものを提案したら、価格が高過ぎると言われたので、それよりも安い物を提案せざるを得なくなって、でもそれは百パーセントではないと言ったら、買って貰えないだろうと営業担当者が考えて、売りたいがために事実を伝えなかったと白状したわ」

「そんな」と言ったきり史子が絶句する。

エマが「そいつ、酷過ぎますよ」と声を上げた。

吉井はしきりに自分の額を擦る。

菜穂は言う。「まさかメーカーに騙されるとは思ってもいなくて、ショックを受けてるところなの」

三人が揃って頷いた。

菜穂は続ける。「別のメーカーから、百パーセントのリサイクル率の素材を買うことにしたわ。その素材は国際的な認証を受けているので、その認証マークを商品に付けることが出来る。だからこれから売る分については、リサイクル率が百パーセントの素材と謳(うた)っても問題なしよ。問題はすでに販売した品にどう対応するか。事実を発表すれば、当然交換や返金に応じなくてはいけなくなるでしょう。これによってうちが被る損については、スターユニットが全額支払うことで話は付いたんだけど……アスリへの信頼は地に落ちる。ブランドイメージは相当傷付くわ。選択肢はもう一つある。事実は発表しないで、すでに買った人たちには内緒にするというものがね。見ただけではリサイクル率が百パーセントのものか、五十パーセントのものかはわからないからバレないと思う。発表しなければブランドイメージに傷は付かないわ。どうするべきだと思う?」

吉井は俯きじっと考え込むような顔をした。

史子は眉間(みけん)に皺(しわ)を寄せる。

エマは腕を組んでテーブルの一点を睨(にら)みつけた。

社長室には重苦しい空気が漂う。

ついこの間ここで喜びを分かち合ったというのに。またしてもこんな試練に、向き合わなくてはいけないなんて。

しばらくして口を開いたのはエマだった。「わざわざ言わなくてもいいんじゃないですか? 車とか、家電品だったら、命に関係するからちゃんと発表して、リコールするべきですけどバッグですよ。言っても、言わなくても、誰も困らないじゃないですか。それなら言わない方がいいですよ。ブランドイメージが傷付くことの方が怖いですよ」

菜穂は尋ねた。「吉井部長はどう思う?」

吉井が答える。「そうですねぇ。百パーセントのリサイクル率だと思っていたのが、五十パーセントだったと、敢えて発表する必要があるのかといったら、どうなんでしょう。こちらもメーカーから騙された被害者な訳ですしね。それに嘘を吐き続けるのではなく、これからは百パーセントのリサイクル率のもので、作って売るのですから、ここはことを大きくしないでという判断が妥当だと思います」

すると史子が躊躇うような様子を見せてから言い出した。「あの、すみません。私はちゃんと公式サイトで発表した方がいいと思います。真実を伝えて謝罪した方がいいと思います。一時的には叩かれるでしょうが、交換や返金にきちんと対応すれば、ブランドイメージは、そこまで大きな影響を受けないのではないでしょうか。あれです。バレた時が怖いです。発表しないと決めた後で、どこかからこの件が漏れてしまったら、どうしますか。そうなったら大変です。アスリへの印象は非常に悪いものになってしまいます。これはマズいと思います。批判は受けるでしょうがきちんと対応しておいた方が、先の信頼を得られます。遠回りに見えても目先のことじゃなくて、十年後、二十年後のことを考えましょう」

菜穂は少し驚く。周りの意見に流されがちな史子が、一人違う意見を言うなんて。

三人の意見が割れてしまい、菜穂は益々困ってしまう。どうしたらいいのか。せっかく順調に売れていたというのに、こんな目に遭うなんて。素材を購入する前に、メーカーにリサイクル率を証明する、書類の提出を求めていれば……もっと慎重になるべきだった。初めて取引する会社だったのだから。迂闊だった自分を叱り飛ばしたい。

その後三人はそれぞれの意見を変えることはなく、吉井とエマは発表する必要はないとし、史子がそれに反対し続けた。

結局菜穂は決断を下すまでに至らず、保留にして会議を終了させた。

菜穂は一人会社を出てタクシーに乗り込む。

小津の里霊園に到着したのは午後二時過ぎだった。

コロナの流行によって墓参りする人も減るのか、誰ともすれ違うことなく高林家の墓に着いた。

墓石の周りには落ち葉や菓子パンの空き袋が落ちていて、更に虫の死骸(しがい)まであった。

菜穂はいつものようにため息を吐く。

これが嫌でつい足が遠のくのだ。墓周りだけでなく菜穂はどこの掃除も嫌いだった。掃除をしていると気分がどんどん下がっていくのだ。掃除を終えた後も、他の人のようにすっきりすることもなく、ただ疲労だけが残って不快だった。それでコロナが始まるまでは、週に一度家事代行のスタッフに来て貰っていた。

霊園の管理事務所に用意されていた箒(ほうき)で、落ち葉とゴミを掃く。それからスポンジを水に濡らして、墓石の汚れを擦り落とした。

タワシで墓石を擦る人を、この霊園で何度か見掛けたが、菜穂にはそんなことは出来ない。タワシではここに入っている智幸や秀貴が、痛いのではないかと思ってしまうから。ここに眠る義父も義母も。

なんとか掃除を終えると、花を花立に挿し線香に火を点けて香炉に横置きした。

そして管理事務所の名前が入った、背の低い折り畳み椅子に腰掛けた。

手を合わせて心の中で秀貴に話し掛ける。

しばらく墓参りに来なくてごめんなさい。そっちはどう？　そっちでも、あなたがちゃんと智幸の面倒を見てくれてるんでしょ？　そうよね、わかってる。

こっちは大変なことになってるの。メーカーの担当者の話を鵜呑みにしてしまって、リサイクル率が百パーセントではないものを、百パーセントと謳ってしまった。せっかく売れているのにね。

これからどうしたらいいか迷っているの。それにちょっと疲れてしまって。六十二歳でしょ、私。まだまだ現役でいるつもりだったけど、もう潮時なのかなって思う時もあるの。銀座の店はお義父さんとお義母さんから譲り受けた、大切な店だけど……信用金庫からは商売を替えたらどうかと言われたのよ。テナントを入れて、その賃貸料で暮らすというアイデアもありますよって。そう言われたのは、コロナが日本で流行り出してすぐの頃だったから、今も信金が同じ考えかどうかはわからないけど。

そう言われた時にはね、そんなことは絶対にしないと思ったのよ。でもね、今は魅かれるの。そうなったら楽になるなって思ってしまって。テナントが集まらない可能性はあるけど、今よりは安定するかもしれないわよね。今月の従業員の給料を払えるかと、悩んだりしなくて済むんじゃない?

それにバッグを売り続けるという、プレッシャーからだって解放される。バッグを売るのが喜びだったはずなのに、今ではプレッシャーを感じるの。

ふいに義母の顔が浮かぶ。

色白で真ん丸の顔をしていた。ぽっちゃりした体型で大きな声で笑う人だった。その笑い方が下品だと、姑から何度も指摘されたそうだが、こればっかりは直らなくってねと豪快に笑っていた。

あれは確か、業者から提出された銀座店の改装デザイン案を見せに、義父母の家に秀貴と二人で行った時だった。

デザイン案を見た義母が、義父より先に素敵ねと言った。そして「こんな素敵な店なら、たくさんの人が入ってくれるわよ、絶対よ」とコメントした。義父はいつもの静かな調子で「頑張りなさい」と励ましの言葉を発した。

義母がキッチンに向かったので、菜穂は後を追い料理の手伝いを申し出た。

すると義母は三つ葉をカットして欲しいと言った。

菜穂がカットした三つ葉を小皿に載せて振り返ると、義母が寿司桶のばら寿司を皿によそっていた。

菜穂は言った。「お義母さんのばら寿司、大好きです」と。

義母は「そう?」と嬉しそうな顔をして「いいわよ、つまみ食いしても」と言ってしゃもじに少し掬った。

菜穂はそれを掌で受けて食べた。

「美味しいです」と言うと、義母は満足そうに頷いた。

そして「店は菜穂さんの好きにやりなさい」と話し出した。「完璧にやろうと思ったらダメよ。そんなことを目標にしたら、すぐに息が切れてしまうから。仕事も家のことも子育ても、なにもかも完璧になんて出来っこないんだから。だから適当に手を抜きなさいよ」

「手を抜くんですか?」と聞き返した。

「そうよ。手は抜いてもいいの。ただね、正直でいなさい。正直の頭に神宿るっていうでしょ。お客さんにも、従業員にも、取引先にも、夫にも、息子にも、正直に。正直でいれば相手は菜穂さんの味方になってくれる。だから」

「はい」と返事をした。

「それじゃ、三つ葉を載せて」と皿を指差した。

菜穂はばら寿司の上にカットした三つ葉を載せた。

あの日食べたばら寿司は、いつも以上に美味しかった気がする。幸せだったからかしらね。

菜穂は香炉の中の線香を見つめる。ゆっくりと上っていく煙の先を目で追った。

十三

菜穂は頭を抱えた。

SNS上のアスリに対する悪口がまた増えていた。

アスリは先週、公式サイトで事実を公表して謝罪した。希望者には返金の対応をするとし、新たに採用したリサイクル率が百パーセントの素材で作った品との交換にも応じると記載した。すると最初に認証について質問してきた客が騒ぎ出した。アスリは嘘吐きだとSNSで発信し、それが瞬く間に拡散した。そしてアスリ叩きの発言をする人が増え続けている。

菜穂はカスタマーセンターの対応件数が記されている、ファイルを開いた。

昨日も従来の十倍もの問い合わせが入ったようだ。

公表の日から実店舗の販売スタッフを、カスタマーセンターの応援に回して、対応人数を倍にしているが、それでも回せないほどの数になっている。

吉井と史子に、カスタマーセンターの応援スタッフを増やせないか検討して欲しいと、メールを打ってから家を出た。

タクシーに乗り、助手席のシートの背面に付けられた、モニターに目を向けた。

そこではニュース番組が流されていた。二回目の緊急事態宣言が、また延長されたとテロップが出る。飲食店経営者だという男性が映し出され、もう店を続けられないとコメントしている。

赤信号でタクシーが停まった。

少し先に救急車が駐車しているのに気が付いた。

コロナ患者の搬送だろうか。

昨日帰宅すると、菜穂のマンションの前にも救急車が停まっていた。マンションの住人に、コロナ感染者が出たのではないかと想像して怖くなった。いつになったらワクチンの番が回って来るのか、わかっていないことも不安に追い打ちをかける。

十分ほどで田中事業所に到着しタクシーを降りた。

菜穂は佐藤に頭を下げた。「この度は、大変ご迷惑をお掛けすることになってしまいまして、申し訳ありませんでした」

「先週お電話を頂いた時に申し上げた通り、まぁ、びっくりはしましたが、アスリさんも被害者なんですから、謝罪して頂くことはないんですよ。ですから、どうか頭を上げてください」

「急がせたり、練習をお願いしたり、無理を言ってばかりでしたのに。皆さんが協力してくださったお蔭で販売することが出来て、とても好評だったんですが。事実を発表してからは返金の申し込みばかりで、注文は入らなくなってしまいました」

「それは残念ですね。うちのスタッフ、籠バッグを作るのを楽しんでたんですよ。ですからまた注文を頂けるようになるといいんですが」

「……そうなるといいんですが」

急に明るい声を上げた。「きっとそのうち、前のように注文が入るようになりますよ。そのうちに」

申し訳なくて菜穂はまた深く頭を下げた。

佐藤が言う。「本当にどうかもう謝らないでください。半田さんがお越しになった時にも申し上げたんですよ。うちはこれまで通り、アスリさんの籠バッグを作らせて頂きたいと。その気持ちに変わりはないんです」

えっ。史子が？

菜穂は驚いて確認する。「半田がこちらに？」

「はい。先週です。社長さんから電話を頂いた翌日でしたかね。申し訳ありませんでしたと仰って頭を下げられたので、恐縮してたんですよ、こっちは」

田中事業所を出ると、タクシーで柏崎事業所に移動した。

今度は柏崎に向かって菜穂は頭を下げた。

「そんな、やめてくださいよ」と柏崎が言う。「騙していたのはメーカーでお宅じゃないんですから。どうかうちのことはお気になさらないでください。吉井さんにも言ったんですよ。わざわざ謝りにいらしたから」

「吉井がこちらに謝罪に？」

「ええ。ご存じなかったみたいですね。その時も言ったんです。お宅のこと、益々信頼出来るようになりましたって。だって隠そうと思えば隠せることを、しなかったんですから。顧客に誠実ってことでしょ？　そういう会社はきっとお客さんから信頼されます。今は攻撃してくる人が目立っていたとしても、アスリさんが取った行動を、ちゃんと評価してくれる人はいますよ、きっと。だから頑張ってくださいね」

「有り難うございます」

柏崎が感じ入った様子で「いいチームなんですね、アスリさんは」と言った。

「…………」

「社長さんを支えようという気持ちがあるから、指示された訳でもないのに、うちに謝罪にいらしたんでしょ？　そういうの、いいチームだからでしょ？」

菜穂は胸の奥が温かくなるのを感じた。

そして言った。「はい。いいチームです。支えて貰っています」

十四

菜穂は足を止めた。

社長室の前に吉井、史子、エマがいる。

菜穂は早口で「なにがあったの?」と尋ねた。

すると三人が一斉に喋り出した。

菜穂は言う。「落ち着いて。一人ずつ話してくれないと、わからないわ。それじゃ、吉井部長から話して」

紅潮した顔の吉井が口を開く。「やりましたよ、社長。ね、半田部長」

「はい」と答えた史子は涙声だった。「あれです。インフルエンサーがアスリを褒めてくれたんです。正直にリサイクル率の誤りを発表して謝罪して、返金や交換に応じているのは素晴らしい、応援していると発信してくれたんです。そうしたら、そうしたら、それに同調する意見がどんどん増えてるんです」

史子はぽろっと涙を零して、それを指で拭った。

隣にいたエマが腕を伸ばして史子を抱きしめた。

吉井が言った。「ネットショップで商品が売れ出しました」

えっ。そうなの？

菜穂は呆然とする。

少ししてエマが菜穂の顔を覗き込み「社長？」と声を掛けた。

「えっ。あぁ」我に返った菜穂は言う。「びっくりしてしまって。ねぇ、今の話は本当なの？」

三人が頷く。

菜穂は確認する。「本当に本当なのね？」

再び三人がしっかりと頷いた。

菜穂は一つ息を吐いた。「良かった……それは良かった。アスリを応援してくれる人が現れたのね。有り難いわ、本当に」

ほっとした途端、菜穂の身体から力がどんどん抜けていく。立っていられなくて座り込みたくなる。身体がふらつき思わず壁に手をついた。

倒れると思ったのか三人が菜穂の手を摑んだ。

菜穂は言った。「大丈夫よ。ほっとして……そうしたら張り詰めていた気持ちが緩んで……身体に力が入らなくなって、ちょっと足元がふらついただけだから。有り難う」

三人がゆっくり手を離す。

ホームページで事実を発表してから一ヵ月ちょっと。この間、ネット上に書かれたアスリの悪口ばかりを目にしてきた。覚悟していたことではあったがやはり辛かった。経営者として間違った判断を下したのではないかと、思い悩む日々でもあった。

でもちゃんと認めてくれる人が現れた。あぁ……良かった。

菜穂は口を開く。「皆、有り難う。アスリのために一生懸命になってくれて有り難う。私を支えてくれて有り難う」

菜穂は頭を下げた。

それからゆっくり顔を上げた。

吉井が目を瞬いていた。

すぐに史子がまた泣き出す。

ピンク色のマスクの上部に涙のシミが出来る。

その隣のエマは両手でガッツポーズをした。

菜穂は言う。「こんな時に買ってくださるお客様に、きちんとした商品を渡せるよう、これからも頑張りましょう」

「はい」三人が声を揃えた。

菜穂は一人社長室に入った。

ノートパソコンを開き、ネットショップの売上状況を確認する。

三人が言っていた通り、昨日の夜から突然販売数が増えていた。それは公表前の三倍ほどの数だった。

障碍者施設のスタッフたちの顔が浮かぶ。

彼らにまた仕事を発注出来ることが嬉しい。

約束の時間になり、オンライン会議が出来るアプリを開く。

少しして画面に北川が現れた。

挨拶もそこそこに北川が言った。「なにかいいこと、ありましたか?」

「わかりますか? いいこと、ありました」

状況を説明してから続けた。「私の判断は間違っていたのではないかと不安でした。不安は毎日どんどん大きくなっていました。支えてくれているスタッフたちにも、今回お世話になっている事業所の人たちにも、申し訳ない気持ちもありました。でも少しだけいい兆しが見えてきました。これからもアンチの人たちは黙っていないでしょうし、批判がゼロになることはないでしょう。でも応援してくれる人もいると知って……それは励みになります。心強いです」

「それは良かったです。僭越ながら申し上げますがね、社長さんは経営者として、正しい判断をされたと私は思いますよ。勇気のある決断でした。ご立派です」

「立派だなんて、とんでもないです。今は会社がこんな状況ですから、存続させられるかわかりませんが、続けるつもりで、ちゃんと準備をしておくつもりです。後継者を決めました」

「そうですか。どなたですか?」北川が質問する。

「秘密です。まだ本人に言っていないんです。受けて貰えるか、わかりませんから、今日は秘密にしておきます。会社の状況を一緒に改善していって、十年後ぐらいにその人に、バトンを渡せたらと考えています」

「それでは教えて頂ける日を待つと致しましょう」

「はい、そうしてください。これから皆で苺を食べます」

「苺？」

「はい。苺を食べると縁起がいいというスタッフがいるので、それにあやかってアスリの大事な日には、皆で苺を食べることにしました」

北川が穏やかに微笑んで頷いた。

十五

菜穂はコンビニの前で立ち止まった。

十代に見える男性が店の中に入っていく。

ガラスドア越しに中を覗くと、レジの前には順番待ちの列が出来ていた。

シャッター商店街の中で、ここだけは繁盛しているようだ。

この商店街で今営業しているのは半分程度だった。コロナの影響もあるだろうがその遥(はる)か以前から、商売を止める店が多くなっていた。

今コンビニがあるここで、以前両親がバッグ屋をやっていた。二階が住まいだった。

父親の嘉之(よしゆき)には放浪癖があり時々いなくなった。母親の笙子(しょうこ)はそれを気にする様子は見せず、毎日店を開けていた。数年後に嘉之が戻って来ると、笙子は「お帰り」と言って、今朝出掛けた人を迎えるかのように、受け入れるのだった。笙子はよく鼻歌を歌い、いつも機嫌のいい人だった。

店には様々な種類のバッグが並んでいた。ランドセルもあったし、スーツケースや登山用のリュックなども置いていた。奥に鍵(かぎ)付きのガラスケースがあり、クロコダイルのバッグなどの高級品は、そこに飾られていた。そのガラスケースに入っているバッグが売れた日には、おかずが一品増えた。業務用のミシンが一台あり、簡単な修理なら笙子が行っていた。

菜穂がこの店を引き継いだ半年後に、笙子が亡くなった。すると嘉之はぷいといなくなった。菜穂が一人で店をやっていたが、秀貴の両親から銀座の店を譲り受けることになり、ここの売却を決めた。

閉店セールをしていたら、店の前の通りに佇(たたず)む嘉之を発見した。

七年ぶりに見る父親の姿だった。

菜穂はその場をパートに任せて店を出た。

「お父さん」と声を掛けると、缶コーヒーを持っていない方の手を上げて「よっ」と言った。くたびれたキャップを後ろ前に被(かぶ)っていた。

「店を閉めることにした」と菜穂が告げると、「そうか」と寂しそうな顔をした。

菜穂が閉店する事情を説明すると、「そうか、わかった」と嘉之は言った。

勝手に店を売りやがってと怒ることはなかったが、銀座店を頑張れと励ましてもくれなかった。

嘉之はこの近くのアパートで一人暮らしを始めた。そこに菜穂はたまに顔を出した。

ある日嘉之に尋ねた。最近は放浪していないが、もうやめたのかと。

嘉之は「もう充分だ」と答えた。

意外にも、その時の嘉之は満ち足りたような表情を浮かべていた。

この人は幸せな人生を送ったのかもしれないと、菜穂は思った。

その翌年嘉之は他界した。

菜穂はコンビニに目を向けながら口を開いた。「ここで両親がバッグ屋をやっていたの」

隣に立つ史子が言う。「アスリの原点がここにあったんですね」

頷いた。「昔は活気のある商店街だったのよ、ここは。大勢の人が行き交っていてね。でも大型スーパーが近くに出来て、すっかり人の流れが変わってしまって。店仕舞いするところが一軒、また一軒と増えていくようになっていったの。それでも頑張ってここで商売していた店もあったんだけど、コロナの影響を受けたんじゃないかしら。前に来た時より閉店したところが増えているから。もし夫の両親が銀座に店をもっていなかったら、私はどうしていたかしらね。最近そんなことを思うわ。ここで頑張っていたかしら。それとも諦めて店を畳んでいたかしら」

「社長ならどんな形でも商売を続けるんじゃないですか？　そんな気がします」

史子は下がってしまった自分のマスクの中央を摘み、上にずらした。

今日の史子は苺柄の布マスクをしている。

アスリへの風向きは変わった。インフルエンサーの投稿だけでなく、その後に拡散された動画のお蔭といえる。それは田中事業所に通所している母親が撮影したものだった。息子がアスリのバッグを作成中と題した動画には、夢中で籠を編む青年が映し出されていた。その製作中のひたむきな姿と、完成した時の嬉しそうな笑顔が、多くの人の好感を得たようだった。こうしたことをきっかけにして、籠バッグもトートバッグもネットでの売上が復活した。現在は当初の販売数の五倍ほどになっていた。銀座店の売上も改善しつつある。三回目の緊急事態宣言が終わり我慢してきた人たちが、買い物を楽しんでいるのかもしれない。

　菜穂は言う。「今、うちはようやくひと息吐けるようになったけど、油断は出来ないわ。コロナがこれで終わるようには思えないもの」

「コロナに翻弄（ほんろう）されっ放しですよね、世界中が」

「難しい経営がまだしばらくは続くでしょう。まだまだ頑張るつもりよ。でもいずれ引退して、アスリを引き継がなくてはいけないの。十年後ぐらいかしら。それでね、私が引退した後は半田部長に引き継いで欲しいの」

「えっ？　えっと、すみません。意味がわかりませんでした。もう一度言って頂けますか？」

「私の後を半田部長に継いで欲しいの」

「………」

「まだ意味がわからない？」菜穂は言う。「次の社長になって欲しいのよ」

「な、なにを言っているんですか。びっくりし過ぎて、今、笑っちゃいそうですよ」

「笑っても、泣いてもいいけど、引き受けてくれるの？」

「えっ。本気で言ってるんですか？」

「冗談でこんなことを言うと思う？」

史子が激しく瞬き（まばた）をする。そして落ち着かない様子で、自分の髪に触れると耳に掛けた。それを何度も何度も繰り返す。

しばらくしてからようやく史子が口を開いた。「あの、どうして私に？」

「メーカーから仕入れた素材が、百パーセントのリサイクル率のものではなかったと判明した時、あなたは公表して返金と交換に応じるべきだと言ったわ。批判を受けるだろうがきちんと対応しておいた方が、先の信頼を得られる。遠回りに見えても目先のことではなく、十年後、二十年後のことを考えましょうと。そういう考え方が出来るあなたになら、私のすべてといってもいいアスリを託せると思ったの」

史子はじっと菜穂を見つめる。

菜穂は続ける。「それで今日はあなたにアスリの原点を見せたくて、ここに連れて来たのよ」

史子が自分の足元に目を落とし、考え込むような様子を見せた。

少し経ってからすっと顔を上げた。「私に出来るでしょうか？」

頷いた。「まず当分の間は私について社長業を学んで欲しい。どう？　引き受けてくれる？」

「えっと、はい。あの、頑張ります」と大きな声で答えた。

「一緒に頑張りましょう」

「はい」

「早速なんだけど二つ注文があるの」

史子が不安そうな表情を浮かべた。「なんでしょうか？」

「まず、焦らなくていいから。あなたのペースでいいんだから、落ち着いて仕事をすること。それからあなたには、すみませんという口癖があるでしょ。それは直しなさい。謝るのが悪いと言っているのではないのよ。謝罪すべき時に、きちんと謝罪するのは当たり前。大事なことでもあるわ。でもあなたの場合は、しょっちゅうすみませんと言うから、気軽に言っているように感じるの。えっととか、あのとか、そういう繋ぎの言葉の一つとして、口にしているんじゃないかって。日常的にすみませんと言っていると、すみませんの言葉がもつ力が薄くなるのよ。本当に謝罪したくてすみませんと言った時に、あー、またいつものかと思われてしまうわ。社長の謝罪の言葉が薄くなってしまうのはダメ。わかった？」

「はい。わかりました」と元気よく答えた。

菜穂はコンビニに目を向けた。

七十代ぐらいの男性が店から出て来た。

レジ袋を持っている。

男性は腰に手を当て空を見上げた。それから歩き出した。ゆっくりとした歩調で左方向へ進んで行く。

菜穂はふいに嘉之を思い出した。

あの日、お父さんが浮かべていたような満ち足りた表情を、私もいつか浮かべられるかしら。

自分の人生に満足し、もう充分だと言える日が来るといいんだけど……これからの十年をどう過ごすかに懸かっているのかも。それじゃ、もうひと頑張りしなくっちゃ。

菜穂は隣の史子に視線を向けた。

そして微笑んだ。

第三章

一

伊藤浩紀は腕時計に目を落とした。

社葬開始の午後七時まで二時間以上ある。

弔問客はさすがにまだ一人も来ていない。

通夜の開始までまだ大分時間があるが、受付の係はスタンバっておくようにと指示があったため、浩紀は寺の入り口横に設置された簡易テントの下にいた。

テーブルには芳名帳や筆記具などが置いてある。

浩紀が勤める斉藤工業の社長、斉藤靖が亡くなった。七十四歳だった。

斉藤工業は包丁を製造している。社長の祖先が刀鍛冶だったそうで、時代に合わせて形を変えながら刃物を作り続け、株式会社の形態にしたのは、社長の祖父だったと聞いている。

浩紀は斉藤工業で働いて二十年になる。

パイプ椅子に座っている浩紀は、なにもすることがなくて、ぼんやりと前方の樹を眺める。

右隣にいる製造部部長の鈴木英雄が口を開いた。「前の日まで元気そうだったのに亡くなるとはなぁ」

その向こうにいる総務部部長の杉田安伸が言う。「そうだなぁ。急性心不全だっていうから長くは苦しまなかったんだろう。それは救いだな」

鈴木部長が言い出す。「これから斉藤工業はどうなるんだろうか？」

「どうなるって、次の社長に誰がなるのかってことかい？　そりゃあやっぱり大久保専務がなるんだろう。それが順当ってもんだろ」

「だが奥さんの朝子さんがいるだろ」

「朝子さん？」と杉田部長が聞き返した。「朝子さんはこれまで、会社のことには一切タッチしてこなかったじゃないか。ずっと看護師をやってたろ？　十年ぐらい前に引退したらしいが。斉藤工業のことをなんにも知らないだろうし、経営の仕方だって、わからないだろう」

「そうではあっても会社の取締役かなんかだろ、確か。形だけであったとしても、いざこんなことになってみりゃ、法律だとかなんだとかで、奥さんが後を継ぐってことになったりするんじゃないのか？」

「そんなことになったら……どうなるんだろうな、斉藤工業は」

「子どもがいりゃあ良かったんだが、いないからなぁ」

「そうだよなぁ。子どもがいればなぁ。社長もさぞかし無念だったろう」

そうだろうか。社長が子どもがいないことを、無念と思っていたはずだと決めつけるのは、いかがなものか。

浩紀と妻の沙羅との間にも子どもはいない。

子どもがいないと言うと、それは残念だねといった顔をされることが多い。だが浩紀は残念だとは思っていなかった。沙羅と二人で仲良く暮らしていければ、充分だと考えている。社長も私と同じような気持ちだったかもしれない。

ほどほどでいい。なにかを望めば無理をしたり、努力をしたりしなくてはいけない。そういうの、私には向いてないし好きじゃない。

大学を卒業して就職したのは通信会社だった。同期が三百人ほどいたので、大勢で仕事を分担しているのだろうから、出世を望まなければ、ほどほどの仕事をして、過ごしていけるはずだと考えて入社したのだが、実際は全然違った。全員に無茶苦茶なノルマが課される過酷な職場だった。しかも自分の成績が悪いと、所属する班の評価にも影響する仕組みになっていて、他の社員からの圧力が強く掛かってきた。

そこを二年で退職して斉藤工業に転職した。前職とは違ってノルマはないし上司は専務一人だけで、同僚も部下もいないという気楽な部署にいるので、快適に過ごしている。時々、自分の仕事ではないと思うようなことを押し付けられたりはするが、我慢出来ないほどではない。だから今の会社を概ね気に入っていた。だが社長が代われば、これまで通りとはいかないかもしれない。

それは困る。かなり困る。どうして社長は後継者を決めておかなかったんだ？　それは社長として大失敗だ。

斉藤工業の包丁はプロの料理人たちから高い支持を得ていて、専門店やデパートなどで売られている。一軒ある直営店には、連日たくさんの国内外の料理人たちがやって来た。

本堂の出入り口から総務部の嶺村芙美が現れた。

確かまだ二十代のはずだが囲碁が好きらしく、休憩時間に部長たちと対局し、完膚なきまでに叩きのめしている。やっかみ半分で名人というあだ名を付けられていた。

嶺村は浩紀たちがいるテーブルまで来ると「社長の奥様からです」と言って缶コーヒーを配り始めた。

浩紀は貰った缶コーヒーのプルタブを開ける。ひと口飲むとトンと音をさせてテーブルに戻した。

二

伝票の数字の横にチェックマークを入れた。それからスラックスのポケットから印鑑を取り出す。伝票の最下段にハンコを押した。続いて二枚目と三枚目にも押した。

浩紀は三十分ほど前から、アメリカに発送する商品のチェックをしている。

本来この仕事は検品業務に含まれるので、製造部門の管轄なのだが、そっちでやってくれと押し付けられてしまい、しょうがないので浩紀が行っている。

海外事業部用の商品が保管してあるのは、倉庫の左奥のエリアだった。

浩紀は輸出業務を担当している。この部門に配属されたのは、英語が出来るからだろうと思われた。

小学二年生の時に、浩紀は母親の千賀子(ちかこ)と二人でハワイに移住した。当時千賀子が交際していた男がハワイに帰国した。そこで千賀子は息子を連れて男を追い掛け、ハワイで暮らすことにしたのだ。十一年後に日本の大学に進学することにした浩紀は、十八歳で一人ハワイを離れた。今、千賀子はその男とは別の人とハワイで暮らしている。

「お疲れ」と声がして浩紀は振り返った。

大久保文彦(ふみひこ)専務が近付いて来る。

大久保専務は浩紀の上司だった。海外事業部は一応部という名前が付いてはいるが、大久保専務と浩紀の二人しかいない。その専務は営業部門も統括していて忙しいし、英語が出来ないので、実質的な業務は浩紀が一人で行っていた。

大久保専務は髪をオールバックにし、イタリア製のスーツや靴を着こなすダンディーな人なのだが、鉄道が好きらしく車体がプリントされたパスケースや、ボールペンなどを使っていて、そのアンバランスなところがお茶目だと、女子社員たちは言う。

浩紀が「お疲れ様です」と言うと、大久保専務が片手を上げた。

そして浩紀の前で足を止めた。「伊藤君さー、ちょっと話があってさー」

「はい、なんでしょうか」

「実はさー、しばらく会社を休むことになったんだ。手術をすることになって入院するんだよ」

「えっ。そうなんですか？　それは……大変ですね」

「手術なんかしたくはなかったんだが、家内がしなきゃダメだって言うもんだからさー、やって貰うことにしたよ」

「そうですか」

「それで仕事のことなんだが」と大久保専務が言う。

「はい」

「伊藤君はこれまでも全部やってくれていたんだから、私がいない間も問題なくやってくれると思ってるよ。まぁ大体二ヵ月ぐらいの予定なんだ、休みを貰うのは。その間になにか決裁が必要なことが出て来たらさー、社長の奥さんの朝子さんに判断を仰いでくれ」

「奥さんにですか？」確認する。

「そう、奥さん。取締役だから、一応。週に一日は会社に来ることになってるから」

「……そうですか……わかりました」

「そんな心配そうな顔しないでよ」大久保専務が小さく笑う。「滅多にないだろ、決裁が必要なことなんて」

「専務のことが心配なんですよ。お大事になさってください」

大久保専務は小さく何度か頷くと、また片手を上げてから身体を回した。

倉庫を出て行く大久保専務を浩紀は見送る。

これまで気が付かなかったが、手術の話を聞いた後では、少し身体が小さくなったような気がする。

必ず元気で帰って来てくださいね。

浩紀は心の中で声を掛けた。

それから三十分ほど仕事を続けてチェックを終えた。

倉庫の出入り口に向かって歩き出した時、昼休憩の開始を知らせるチャイムが鳴った。

自分のロッカーから弁当を取り出して、休憩室に移動する。

百平米ほどの休憩室には、四人掛けのテーブルが二十個並び、社員たちが思い思いの場所に座って食事をしていた。

どこに座ってもいいはずなのだが、皆座る場所は決まっている。

浩紀は定位置である隅のテーブルに、壁に向かうように座った。

斜め前の席には、いつものようにシステム部の平山哲也（ひらやまてつや）が着いている。彼は今日もコンビニ弁当だった。

平山も上司が他の部署と兼任していて、同僚も部下もいない中実質一人で仕事をしていた。

浩紀は巾着（きんちゃく）袋から弁当箱を取り出した。蓋（ふた）を開けて横に置く。ふりかけの小袋を開けて白飯の上に掛けた。

この弁当は浩紀の手作りだった。小さな家電メーカーで、正社員として働く沙羅の分も浩紀が毎日作っている。弁当だけでなく、二人分の朝食も浩紀が毎日用意していた。朝と昼の食事の用意よりも大変なのが、沙羅を起こすことだった。沙羅は滅法朝に弱いのだ。

布団を剝いだり、身体を揺すったりする程度では全く起きない。だから抱きかかえてベッドから下ろし、ベッドのサイド部分で、背中を支えるようにして床に座らせる。これが結構腰にきた。それから水で濡らしたタオルを沙羅の首に巻く。ここまでしてようやく眠るのを諦めて、起きようという気持ちになるみたいだった。

浩紀はウィンナーを摘み口に運んだ。

咀嚼（そしゃく）を始めると、背後のテーブルに着く若い男性社員の声が聞こえてきた。

「俺、マジでこの会社、心配なんですけど。社長がいなくなって、専務までいなくなったら、ここ、もたなくないですか？」

別の男性社員が言う。「やっぱり奥さんが社長になるんじゃないのか？」

この二人の会話が呼び水となったのか、社員たちが一斉に喋り出した。

「素人に経営なんて出来ないだろう」

「会社を畳もうとするかもしれないぞ」

「会社が解散になったら退職金って出るんですかね？」

「部長の中の誰かが飛び級で、次の社長になる可能性ってナシですか？」

皆が好き勝手な予想をし、そして不安になっている。

大方大久保専務が入院するという話を聞いて、これまで以上に会社の将来を心配しているのだろう。

浩紀も皆と同じで斉藤工業のこれからを案じている。

浩紀はテーブルのスマホに指を伸ばした。以前利用したことのある、転職情報サイトの名前を検索してみる。

そのサイトにアクセスしてみると、昔とは違う洗練されたデザインのページが出てきた。

通信会社を退職すると決めた日に、このサイトにアクセスした。それから毎日のように掲載されている求人情報を眺めた。だがそうした求人情報を見れば見るほど、困惑は募っていった。そこに書かれている情報だけでは、その会社の実態がわからないのだ。給料や福利厚生を重視している人ならば、そこにある情報を比較検討すれば、自分の希望と合致している会社を見つけられるだろう。だが浩紀が望んでいたのは、猛烈に働かなくても済む会社だった。そんな会社をどうやって見つけたらいい？　当時すでにネットは普及していたが、口コミ情報は多くなく、実態を知ることは出来なかった。

それでも毎日のようにこのサイトを見ているうちに、一つのことに気が付いた。社員教育・研修制度の欄に、たくさんの文字が並んでいる会社と、空欄の会社の二種類があるということに。研修制度が充実しているとか、資格取得のために費用の補助をすると謳っている会社は、それだけ社員に高いものを求めている気がした。そこで社員教育・研修制度の欄が空欄の会社をリストアップして、その中からいくつかの会社に応募した。

あれは音響メーカーの面接の時だった。

適性検査の結果表を見ながら面接担当者が言った。「君は能力検査の点数が高いから採用したいところなんだが、性格検査の結果を見ると迷うな」と。

随分と明け透けにものを言う人だなと浩紀は思った。

一体自分がどのような性格だと分析されたのかと、興味を覚えて「どんな性格だとそこに書かれているのですか」と尋ねた。

すると担当者は書類を見ながら次々に挙げ出した。

指示待ちタイプ、受け身、向上心が低い、断れない、変化を望まないと。

浩紀は思わず苦笑した。もし自分が面接担当者だったとしても、今のような分析結果の人を雇うか迷うだろうと思った。そして正直に教えてくれた担当者に、感謝の気持ちが湧いた。

担当者は突然慌てた様子で「いいことも書いてあるんだよ」と言い出した。

次いで「優しい、親切」と口にした。

いいことはやけに少ないんだなと思ったら、また笑ってしまった。

結局その音響メーカーからは不採用通知が届いた。

こんな自分だったが斉藤工業は何故か雇ってくれた。

面接の時に総務部長が「英語が出来る人を探していたんだよ」と前のめり気味で言っていたので、必要に迫られていたかなにかして、浩紀の性格には目を瞑ってくれたのかもしれない。

運良くのんびりと過ごせる職場と巡り合えて、満足していたのだが。もし会社がなくなるようなことになったら……存続したとしても奥さんが社長になって、これまで通りの働き方が出来なくなったら……物凄く困る。また転職活動をすることになるのか——前の転職活動も大変だったが、四十五歳になった今ではもっと大変だろう。以前は唯一のアドバンテージであった英語も、今じゃ大勢の人が出来るので売りにはならない。

浩紀は不安な気持ちでミートボールに箸を伸ばす。そうして口に入れた。

三

北川の姿を探す。

いた。

浩紀は居酒屋の通路を奥に進んだ。

広い店内はほぼ満席状態で、客たちの話し声や笑い声で賑(にぎ)わっている。

両手にジョッキを二つずつ持った男性店員とすれ違った。

左隅のテーブルの前で足を止めた浩紀は「お久しぶりです」と声を掛ける。

北川がスマホから顔を上げて「よっ、久しぶり」と言った。

浩紀は北川の向かいの席に座った。

北川とは二、三年に一度こうして二人で酒を飲む。

浩紀は大学時代演劇部に入っていた。その演劇部が演劇祭に参加することになり、部長がOBに演出を依頼した。そうしてやって来たのが北川だった。

現役の役者だというからには、芝居に真摯(しんし)に向き合っている人であろうから、厳しい練習になりそうだと身構えた。

そもそも浩紀は芝居に興味はなかった。当時好きだった人から、一緒に演劇部に入らないかと誘われて入部しただけだったので、芝居は滅茶苦茶下手だった。プロの北川からしたら、我慢出来ないレベルであることは間違いないので、しごかれるだろうと覚悟した。

だが予想に反して、北川はどんな芝居でも肯定してくれるタイプの演出家だった。そこでの出会い以来浩紀は北川を慕っている。

女性店員が浩紀たちの前に、ビールの入ったジョッキを置いた。

すぐに二人はジョッキを持ち上げた。

北川がまた「久しぶり」と言い、浩紀もまた「お久しぶりです」と答えてジョッキをぶつけ合った。

北川がごくごくと喉(のど)を鳴らして飲み、ジョッキをテーブルに戻した。「旨い。こうやってフツーに飲んで、食べられるっていうのはいいな。去年の今頃まではマスクするよう言われていたから、ひと口飲んで、マスクをして、ひと口食べて、マスクをしてで、面倒だったよな」

「そうでしたね。コロナが流行していた頃は、こういう店で飲食するのにも、気を遣わなくてはいけなかったですもんね」

「伊藤君の会社はコロナはどうだったの？　影響があった？」

「うちはコロナで売上が伸びた口なんです。包丁メーカーですから、巣ごもり需要っていう波に乗っかりまして。家で料理をする人が増えたんでしょう。せっかくだから、いい包丁を買おうと思った人が多かったようです。プロの料理人たちからの売上は落ちましたが、それ以上に一般の人が買ってくれました」

「そうだったのか。それは良かったな」

「それとは違う問題がありまして」

「なに？」

浩紀は社長が亡くなり専務が入院したこと、会社がこれからどうなるか、社員全員が心配していることを話した。

北川がお通しの枝豆に手を伸ばした。莢を歯の間に挟み中の枝豆を食べる。そうして莢を小皿に置いた。

それから口を開いた。「後継者を決めないうちに、社長が天国へ行ってしまったっていうのはさ、実は結構多いんだよ」

「そうなんですか？　そういう会社はどうなることが多いんですか？」

「色々」

「その色々の中には会社がなくなるというのも、ありますか？」

「あるね。大いにあるね。儲かっているのに後継者がいないために、会社がなくなってしまうんだから勿体ない話だよな」

「うちが、そうなっては困ります。非常に困ります。気に入ってるんですよ、今の会社。もし会社がなくなったら職探しをしなくてはなりません。私は穏やかに過ごしてきただけの人間です。資格をもっているとか、大きな結果を出したとか、凄い経歴があるとか、そういうのがなにもない四十五歳を、雇ってくれるところなんて、あるでしょうか？」

「あるよ、それは。あっ、そっか。伊藤君が気に入る職場があるかってことか。うーん、どうかな」北川が渋い表情を浮かべる。「四十代半ばの社員には若い社員を指導したり、チームをまとめてくれたりするのを期待するだろうね、会社側は。でもそういうのは伊藤君は嫌なんだよね？」

「はい」頷いた。

「だとすると、見つけるのはなかなか大変かもしれないな」

だよな。

暗い気持ちになった浩紀は「やっぱりそうですよね」とうな垂れた。

北川が言った。「仮に希望通りの職場でなくても、嫌な役目を任されたとしても、伊藤君は強いんだから大丈夫だと思うよ、私は」

「またそんなことを言う」

昔、浩紀は通信会社を辞めようと思っていると、何人かに告げた。せっかく大きな会社に入ったのに勿体ないだとか、結論を出すのが早過ぎるなどと言って、思い留まらせようとする人ばかりだった。そんな中で北川だけが「伊藤君らしいなぁ。頑張れよ」と応援してくれた。更に受け身キャラの伊藤君が、自ら行動しようとしているのだから、凄いことだと褒めてもくれた。楽をするために今の生活を捨てて、新しい世界に挑戦しようという勇気が、素晴らしいとも言った。馬鹿にしてるんですかと聞いたら、とんでもないと激しく首を左右に振った。そして言った。受け身って実は強い人しか出来ないんだよと。「どんな相手とも柔軟に対峙出来るって凄いことだしさ」と続けた。それから北川は浩紀を、最強の受け身ニストと呼ぶようになった。

北川が注文した鶏の唐揚げとカキフライ、エビマヨがテーブルに置かれた。

浩紀は確認する。「前に会った時、血糖値が心配だと言ってませんでしたか？」

「ん？　恐らく言ってたんじゃないかな」

「結構血糖値に悪い影響を与えそうなメニューばかりですけど、大丈夫ですか？」

「いいんだよ。今日は特別だから」と言って笑う。

知り合った頃より、二十キロ以上体重を増やしているのではないだろうか。昔はインテリ風の二枚目だったのだが。最近はすっかり貫禄がついて二枚目からは遠ざかった。前回会った時には、この体格は中小企業診断士を演じるのに必要なんだと、苦し紛れの言い訳をしてたっけ。

北川はしばしば演じるのが大事だと言う。

以前友人と伊豆の温泉に行ったら、旅館のフロントに支配人然とした北川がいた。ここでなにしてるんですかと聞くと、バイトしていると言う。働き始めて一週間だという話なのに、ベテランの風情で客を捌いていた。

北川は生活のために、たくさんのバイトをしてきた人だ。そしてどんな職場でもあっという間に頭角を現して、店長やリーダーになってしまう人だった。

北川は恐らく旅館には内緒で、浩紀たちの部屋をアップグレードしてくれた。更に頼んでいないのに夕食に舟盛りが出て来たので、バイトがこんなことをして大丈夫なんですかと聞いたら、館内で使っているシステムには入力せずに、板長に特別なお客さんなんでと直接頼めば、全然平気なんだよとしれっと答えた。

まるで支配人みたいですねと浩紀が言うと、やってる仕事は支配人とほぼ同じだと答えた。そこで「北川さんはいつもすぐにバイト先に馴染んで、成果を出されますが、コツみたいなものはあるんですか」と尋ねた。すると演じていると答えた。今回の場合なら、有能な支配人の役にキャスティングされたと考えるのだという。出来る支配人ならどう動くか、どんな風に接客するのが自然かを考えて、演じるのだそうだ。演じているから、そんな我が儘(まま)に付き合ってられるかよという本心を抑えて、笑顔でかしこまりましたと言える。そうやって演じているうちに、自然と身についていくものがあると説明した。更に本来の自分とは違う視点をもてるのが、演じるメリットだとも語った。

浩紀は籠に入っている唐揚げを自分の小皿に移した。それから籠の隅にあったひと欠片のレモンを取った。小皿の唐揚げの上でレモンを絞る。

北川は唐揚げにレモンを掛けることを、悪魔の所業と言うほど嫌っている。以前、うっかりすべての唐揚げに、レモンを掛けてしまった時には怒られた。ちょっとヒクぐらい強く。

浩紀は唐揚げをひと口食べてから「今日も練習だったんですか?」と言って天井を指差した。居酒屋の上のフロアに、北川が主宰する劇団の稽古(けいこ)場がある。

北川がカキフライを食べてから言った。「来月公演があるからな」

「今度はどういうお芝居なんですか?」

北川がニヤリとした。

そしてその芝居について語り出した。

北川の話に耳を傾けながら浩紀は思う。やっぱりこんな風に北川と過ごす時間が好きだと。

四

〈これがいい〉

そうバイヤーが英語で言った。

フランスから買い付けに初来日した、シモン・ジラールが一本の包丁を握り、その手を小さく上下させて切る真似をした。

浩紀は〈それは和包丁なので片刃ですよ。右利き用です〉と英語で答えた。

洋包丁は両刃(もろは)が多い。刃先がVの字になっていて、左右両側に刃が付いているタイプだ。これに対して和包丁は刃先がレの字の片刃が多かった。

ジラールが問う。〈包丁なのになぜ片方にしか刃を付けないんですか?〉

〈片刃の方が切れ味が鋭くなるからです。両刃だと力が左右に分散される分、切れ味は鈍くなります。片方にだけ付いている方がすぱっと切れます。和食は食材をすぱっと切ることが重要なんです。食感を大事にする料理なので、切り口にはシャープさが求められるんです。片刃の包丁は切れ味は抜群ですが、慣れるまで少し時間が必要になります。いつもの調子で切ってしまうと、斜めに進んでいく感覚になります〉
ジラールは少し驚いたような顔で〈オウ〉と言うと手首を左に、右に捻って、左右の刃先の違いを見比べた。
ここは斉藤工業が経営している唯一の店舗で、ショールームも兼ねている。海外から来たバイヤーとは、ここで商談をすることが多かった。
外国人観光客がよく訪れることで有名な寺の近くにあり、二百平米の店舗には五百種類ほどの包丁が飾られている。小さなガラスのショーケースが点在し、中の包丁にはスポットライトが当てられて輝いている。ミニテーブルは四つあり、そのうちの二つでスタッフが接客をしていた。日本人、外国人合わせて十人ほどの客がいる。浩紀はカウンターの前に立ち、ジラールと向き合っていた。
ジラールが〈それはどんな時に使う包丁ですか?〉と、浩紀の背後の棚に並ぶ包丁を指差した。
浩紀は一本を取り出してカウンターに置く。〈これは柳刃包丁といいます。刺身包丁とも呼びます。刺身を切る時に使います〉
はっとしたような顔をした。〈寿司店で見たことがあります。そうそう。シェフがこういう長い包丁を使っていました〉
再びジラールが棚の包丁を指差して用途を尋ねた。

浩紀は身体を後ろに向けて一本を手に取る。

そうして振り返ると、ジラールの隣に白髪の男性外国人がいた。

先程までスマホで店内を撮りまくっていた人だった。

浩紀はカウンターに包丁を置く。

するとその白髪の男性は、ジラールと同じように興味津々といった表情を浮かべた。そして浩紀の説明を待っている。

バイヤーは勿論外国人の客の多くは、こんな風に熱心にいろんな質問をしてきた。そして真剣に楽しそうに包丁を選ぶ。

浩紀は説明を始めた。〈これは皮むき包丁といいます。野菜の飾り切りというのはご存じですか？　和食ではキュウリをカットして松に見立てたり、人参（にんじん）を梅の形にカットしたり、大根で菊の花を模（かたど）ったりします。そういう細かい作業をする時に使う包丁です〉

二人が前屈みになって皮むき包丁を眺める。

〈もっと特殊な珍しい包丁もありますよ〉と浩紀は言って、身体をくるりと後ろに回した。

棚から一本を抜き取るとカウンターに置いた。

今度はその説明をする。〈これは鰻裂（うなぎさ）き包丁といいます。鰻の骨を切ったり、身を開いたりするためだけの専用の包丁です〉

ジラールと白髪の男性が〈オウ〉と声を揃えて目を丸くした。

ジラールとの商談は二時間ほどで終わり、浩紀は会社に戻った。

それから一時間ほど仕事をすると、退社時刻を知らせるチャイムが鳴った。

午後五時半だった。

手早くデスク周りを片付けて席を立つ。会社を出て四十分電車に乗り、自宅マンションに到着した。

二〇一号室の玄関ドアを開けると「ただいま」と声を上げてから靴を脱ぐ。

玄関ホールに約三十センチ四方の、段ボール箱が置いてあった。宛名を確認すると沙羅宛になっている。

また買い物をしたのだろう。

沙羅はネットショッピングが好きで、よく買い物をする。だが注文をした段階で満足してしまうのか、届いた品物を開封もせずに、玄関に放置していることが多かった。

リビングのドアを開けると「お帰り」と沙羅の声が掛かった。

いつものように割烹着姿で料理をしている。

夕食は沙羅の担当だった。

浩紀は「着替えてくるよ」と言い置いて寝室に向かう。

寝室のベッドの上には、沙羅のジャケットが脱ぎ捨ててあった。

浩紀は沙羅が使っているクローゼットの扉を開けた。

ぎゅうぎゅうに服が詰まっている。

こんな状態になったのは結婚してからだ。交際中に一人暮らしだった沙羅の部屋に何度も行ったが、その時のクローゼットは、スカスカと言っていいぐらいだった。

沙羅と知り合ったのは二人が二十八歳の時だった。浩紀は友人の結婚式の二次会で幹事をすることになり、新婦側の幹事と打ち合わせのために顔合わせをした。そこで沙羅と出会った。友人の結婚式が終わってから付き合い出した。

初めて沙羅の部屋に行った時、今日のように彼女は割烹着を着てキッチンに立った。そんな格好だったから料理が得意そうに見えた。期待して待っていると、テーブルに並べられたのはパスタだった。麺(めん)は茹(ゆ)で過ぎで残念な状態だった。またソースの方は何度も食べたことがある味だったので、市販のパスタソースを温めただけだと推測出来た。割烹着姿でやったことは、麺を茹で過ぎたことと、パスタソースを湯煎(ゆせん)したことだけだったのだ。衣装負けっぷりが甚だしくて笑ってしまった。パスタを食べながら突然笑い出した浩紀を、沙羅はきょとんとした顔で見つめた。その表情を浩紀は可愛いなと思った。

浩紀は空いているハンガーを一つ取り出した。それに沙羅のジャケットを掛けると、入り込めそうな隙間を探す。そしてスカートとブラウスの間に手を差し入れた。スカートをぐっと右に押して、僅(わず)かに生まれた隙間にハンガーを押し込んだ。

それから自分用のクローゼットから、スエットを取り出して着替えた。着ていたものをクローゼットに仕舞うと、ワイシャツと靴下を手に寝室を出る。洗面所の洗い物籠に、ワイシャツと靴下を入れてからリビングに戻った。

すぐにダイニングテーブルで夕食が始まった。

浩紀はワカメスープをひと口飲んでから、菜の花と卵の炒(いた)め物に箸を伸ばす。口元の近くまで運んだら、ふわっとバターの香りがした。

口に入れて味わう。

沙羅は随分料理が上手になった。

浩紀は言った。「なにかあった？」

「えっ？」

「なんだか元気がなさそうだから」

「なにもないよ」

浩紀は豚肉とピーマンの味噌(みそ)煮を箸で摘み、茶碗(ちゃわん)の白飯に載せた。「昨夜(ゆうべ)うなされてたよ」

目を見開いた。「えっ、本当に？　私、なんか言ってた？」

「わかるような言葉はなにも。ただううって首を絞められているような、苦しそうな声を出していただけ」

「そう」

「なにか悩んでいることがあるんだったら、話、聞くよ」

沙羅がゆっくり首を左右に振る。「大丈夫。有り難う」

「昨日も遅くまでゲームやってたの？」

「うん。まぁ」と頷いた沙羅はスープの入った椀(わん)に手を伸ばした。

二人ともゲームが好きだった。好きではあっても浩紀は、ゲームをするのは週末にだけと決めていた。沙羅も度々「私もそうする」と口にはするのだが、週末まで待てなくて平日の夜に始めてしまう。そして止められなくなって、深夜遅くまでゲームを続けてしまうのだった。

浩紀は言う。「もう無理の利かない年なんだから、平日のゲームはほどほどにしないと」

「そうだね」と沙羅は答えた。

五

浩紀は空いていた丸椅子に座った。

すでにほとんどの社員が揃っているようだ。倉庫に六十個ほどの丸椅子が並べられ、皆が壁に顔を向けて座っていた。

今朝出社すると突然、九時半に倉庫に集合するようにと全社員にお達しが出たのだ。

前方の椅子に製造部の人たちが座っていて、事務方は後ろの方に固まって座っていた。

毎年仕事始めと仕事納めの日も、ここに同じように丸椅子を並べて集う。仕事納めの日にはビールが出るが、仕事始めの日には汁粉が振る舞われるのが慣例だった。

今年の仕事始めも例年通りここに集まり、社長が訓辞を垂れた。昨年まではコロナ特需で売上が大きく伸びた。今年はその反動が出るとの見方もあるが、私はそうは思っていない。昨年までの勢いのまま、今年も高い数字を目指そうといった内容だった。そして「いいものは売れる」といつもの言葉で締め括っていた。僅か三ヵ月前のことだ。

社長はまだまだ生きるつもりで、まだまだ社長を続けるつもりだったのだろう。私たちも社長の訓示を、これからもまだまだ聞かされるのだろうと思っていた。

ピンクのカーディガンを着た朝子が登場した。

その後ろを歩くのは信用金庫の担当者、木村恵美(きむらえみ)だ。黒いパンツスーツ姿の木村は、足を止めた朝子の隣に立った。

その後から白髪の外国人がやって来た。

あっ。あれは昨日店で写真を撮りまくっていた人だ。ジラールの隣で包丁の説明を聞いて、オウと言っていた人。なんでここに？

彼に続いて金髪の若い女が現れた。そして白髪の男の隣に立った。

朝子がマイクを両手で握った。

そして朗らかな声で「お早うございます」と言った。「今日は皆さんに大事なお話があります。主人が亡くなって、この会社の社長がいなくなりました。それは皆さんご存じですわね。主人から会社をどう承継していくつもりか、私は聞いたことがなかったんです。弁護士の先生も聞いたことがなかったと仰っていました。そのうちにと思っていたんでしょうかね。今となってはわかりません。斉藤工業をこれからどうしていくべきか悩みました。信金さんや弁護士さんに相談しました。私には会社の経営なんて出来ません。七十二歳ですよ、私。年ですし、経験もありませんし、無理ですよ。ですからね、大久保専務さんにお願いしようとしたんです。でも専務さんは主人がもっていた株を、買い取る資金を用意出来ないって仰いまして、断られてしまいました。それで信金の木村さんにお願いして、斉藤工業を丸ごと買ってくださるところを、探して貰いました。そうしましたらね、手を挙げてくださる会社が見つかったんです」

朝子は満面の笑みを浮かべた。

そして嬉しそうな声で続けた。「ドイツのテークリヒという会社です。ご存じの方もいらっしゃるんじゃない？　有名ですものね。テークリヒさんはドイツでキッチン関連のものを製造して、販売していらっしゃって、四十ヵ国に輸出しているそうです。凄いわね。そういう訳ですから斉藤工業はこれから、テークリヒの社長さんが経営してくださいます。M&Aです。斉藤工業の名前は残してくださるそうです。良かったですよねぇ。あっ、そうだわ。肝心なことをまだ言ってませんでしたね。皆さん、安心してください。社員全員の雇用は守られます。テークリヒの社長さんが、誰も解雇しないと約束してくれました。それではご紹介しますね。社長さんのシュテファン・ミュラーさんです」

新社長が社員たちに向かって小さく頷いた。

朝子が続ける。「ミュラーさんの娘さんで秘書のエミリアさんです。日本語が出来る方なんですよ」

エミリアがぎこちなくお辞儀をした。

朝子が潑溂（はつらつ）とした声で言った。「願ってもない方に社長になって頂けて、皆さんはラッキーです」

倉庫は静まり返る。

M&Aを選択したのか……ちょっと予想外だった。M&Aはもっと大きな会社同士が、するものだと思っていた。昨日は新社長の店の視察ということだったのか。なんかマズいことを言わなかっただろうか。急に不安になる。本当に全社員を雇い続けてくれるのか——。仮に誰もクビにはしなくても、組織を変えたりしないだろうか。ガラガラポンされてこれまでとは違う部署で、違う上司で、違う仕事をするよう求められたりしたら……どうしよう。

浩紀は周囲を見回した。

皆、驚き過ぎて固まっている。

ミュラー社長がマイクを握った。そしてドイツ語らしき言葉で何事かを語る。

少ししてミュラー社長が口を閉じると、エミリアが訳し始めた。

「皆さん、今日ここで会ったのを、嬉しいデス。私たちは皆さんと素晴らしい技術と歴史がありますカラ、キッチンナイフは料理の基本でありますカラ、私たちの会社はもっと、素晴らしくなっていけると確信しています。世界の人たちはもっと斉藤工業のキッチンナイフを、使うべきと考えます。テークリヒは私の父が興しました。愛する妻がいましたので、妻のためにたくさん開発しました。父はアイデアをたくさんある人で、行動の人でありますカラ、会社は大きくなりました。日本の料理は世界で人気がありますカラ、日本の製品が素晴らしいと知ってますカラ、もっとたくさん売れると確信しています」

頭痛がしてきて浩紀は額を掌で擦った。

不安だ。不安しかない。

どこからかため息が聞こえてきた。

六

浩紀は機械の音に負けないよう大きな声を上げる。〈ここでは歪み(ゆが)を修正して、形を整える作業をしています〉

ミュラー社長が目を丸くした。〈一つひとつ手で行っているのですか?〉

〈高価格帯の包丁や特殊なものはそうです。量産品は先程見て頂いたように、ほぼすべて機械による自動製造ですが、高価格帯のものや特殊なものは、工程の一部を職人が行います〉

〈鰻の包丁もここで作りますか?〉

あっ。店での私の説明を覚えていたのか。

浩紀は〈はい、そうです〉と答えた。

ミュラー社長は職人が成形する様子をじっと見つめる。

テークリヒとM&Aをしたとの発表があったのは昨日だった。

今朝浩紀が出社するとすぐに、ミュラー社長から内線電話が入った。社長室に来てくれと英語で言われた。昨日の発言を撤回してリストラを敢行し、その一番目が自分なのではないかと、びくびくしながら社長室に向かった。ミュラー社長はエミリアが昨夜急遽帰国したので、英語での通訳をして欲しいと言った。浩紀は胸を撫で下ろした。

まず工場を見て回るとミュラー社長は宣言した。そこでミュラー社長と連れ立って工場を訪れたのだった。

浩紀はたくさんの視線と無言の圧力を全身に感じて、辺りを窺った。

皆、作業をしているため誰とも目は合わない。

だが間違いなく浩紀たちを見てないふりをして見ている。そういう気配があった。

ミュラー社長が歩き出し、次の工程をしている社員の前で足を止めた。

そこでは研削作業をしていた。

工場は事務棟の隣にあり、およそ三百平米の広さがある。多種の機械それぞれから大きな音が生まれるため、物凄く煩い。普通のボリュームで会話は出来ない。社員たちは皆、耳栓をして仕事をしていた。

ミュラー社長は爆音が響き渡る中、時間を掛けて熱心に作業を見て回った。その間、浩紀は声を張り上げて説明をし、ミュラー社長からの質問に答えた。

そうして工程を一通り見終わったところで、ミュラー社長が隅を指差した。〈あそこは、なにをするところですか?〉

〈百パーセント手作りのオーダー品を作る場所です。受注生産スタイルです。ベテランの職人が打って包丁を作ります。毎日注文が入る訳ではないので、今日は作っていないようです〉

〈朝子さんから聞いてました。かなりの高価格品ですよね?〉

〈素材によって値段に幅はありますが、最低でも二十万円はします〉

〈何本売れますか?〉

〈数字は把握していません。営業部に今聞いてみましょうか?〉

〈いえ。午後に営業部のリーダーと話をするので、その時に聞いてみることにしましょう〉と
ミュラー社長は答えた。

それからミュラー社長と浩紀は社長室に戻った。

取引先とアポイントを取って欲しいと言われたので、電話を掛けて日時を設定した。

午前十一時半になると木村が来社した。ミュラー社長とランチミーティングの約束があると
いう。英語が出来る木村の登場で、浩紀は一旦通訳係から解放された。

昼休憩を知らせるチャイムが鳴り、浩紀は弁当を持って休憩室に行った。

いつもの席に座るや否や大勢に囲まれた。

浩紀の隣に陣取った鈴木部長が言った。「あの人、なんて言ってた?」

「あの人というのはミュラー社長のことですか?」浩紀は尋ねる。

「そうだよ。他にいないだろ。なんて?」

「なんてというのは?」

じれったそうな声で言う。「工場の中を歩いてたろ。ここが気に入らないとか、この機械を
使っているのはどうしてだとか、そういうことを言ってなかったか?」

「いえ、そういうことは言ってませんでした。どういった作業をしているか質問されて、説明
しただけです」

鈴木部長は納得していないといった顔をした。

五十一歳の鈴木部長はグレーの制服の上着を羽織っていて、その胸ポケットにはたくさんのペンを挿している。

正面に座る杉田部長が身を乗り出した。「本当に誰もクビにならなくて、全員がこれまで通りの仕事をして、これまでの給料貰えるって？」

「それはわかりません」

「聞いてよ。聞いて確認してよ」杉田部長が言う。

「そんな……私はただ訳しているだけですから、そんなこと聞けませんよ」

「聞けませんなんて言ってちゃダメでしょ。聞いてよ」

「私がですか？」

「他に誰がいるんだよ。こっちは日本語しか出来ないんだから。なぁ」と杉田部長は顔を後ろに向けて、周囲の社員たちに同意を求めた。

社員たちは「そうだよ」と口々に言って杉田部長に乗っかる。

マジか。それは私だって、なにをおいても確認したいところではあるが……滅茶苦茶聞き辛い。

鈴木部長が口を開いた。「あの人はどういうタイプの人なんだ？」

「どういう」浩紀はしばし考えてから答えた。「わかりません」

「なんでだよ」

「なんでと言われましても、アポイントを取ってくださいとか、これはなにをしているところですかと聞かれたぐらいなので、どういうタイプの人かなんてわかりません」

鈴木部長が不満そうな顔をした。

杉田部長も渋面だ。

周りの社員たちも、浩紀の答えが気に入らないといった表情を浮かべている。

なんだか……私の立ち位置が微妙になっている気がするのだが。私だってこれまで通り働けるのか心配していて皆と同じなのに、社長の隣で通訳をしているから、社長のことをよくわかっているはずだと、思われてしまっている。隣にいたって一社員は一社員なのだから、皆が聞けないことは私だって聞けないというのに。

だが結局皆に押し切られ、チャンスがあれば、社員の仕事や給与などに変更がないかを、確認すると約束させられた。

ここに沙羅がいてくれたら、私に代わってびしっと断ってくれただろうに。

私は断るのが苦手だ。それでいつも大変な目に遭う。

あれは三ヵ月前のことだった。浩紀はマンションの自治会の会合に出席した。場所は会長の部屋だった。輪番制を取っている自治会で、伊藤家は今年役員をしている。その日の議題の一つは、一人の住人男性のことだった。共用通路に自転車を置いたり、手摺り(てす)に傘や長靴を干したりの勝手し放題の人物だった。他の住人から苦情が寄せられているため、自治会としてなにがしか手を打たなくてはいけなかった。注意をして、止めるよう言うべきところなのだが、強(こわ)

面（もて）のその男はいつも酒のにおいを発していて、気軽に話し掛けられるような人物ではなかった。猫の首に誰が鈴を付けるかが問題だった。

役員の一人が突然言い出した。「伊藤さんなら、そういうの困るので止めてくださいと言っても、喧嘩になったりしなそうじゃないですか」と。すると他の役員たちが「そうですね」だの、「確かに」だのと言い出した。とんでもない話だった。浩紀は無理だと言い続けたが、皆の押しが強くて、その任を受け入れざるを得ない感じになっていった。

そんな時、沙羅が会長の家に現れた。定時で仕事を終えられなかった沙羅は、一時間遅れでやって来たのだ。浩紀は急いでそれまでの経緯を沙羅に話した。

事情を理解した沙羅は、その場にいた人たちを睨（ね）め回してから、「うちが適任だという根拠はなんですか？」と問うた。

部屋は静まり返った。

沙羅は言った。皆さんがやりたくない仕事は、私たちだってやりたくありませんと。更に「頼み易いからという理由で、夫に押し付けないでください」と言い、「くじ引きで決めるべきです」と提案した。

浩紀はキリリとした表情の沙羅に目を向け、格好いいと思った。

結局沙羅の提案通りくじ引きになり、鈴を付ける役目は他の人になった。

浩紀はその時も沙羅がいてくれて良かったと、胸を撫で下ろしたのだった。

斉藤工業の社員たちがいつもの席に戻って行き、浩紀はようやく弁当の蓋を開けた。

思わずため息が零れる。

すると斜め向かいに座る平山が「大変ですね」とぼそっと呟いた。

午後も浩紀は社長室で過ごし、本来の業務はまったく出来なかった。

いつまでミュラー社長は日本にいるのか、いつまで通訳をさせられるのか、それも聞けずに終業時間を知らせるチャイムが鳴った。

それからミュラー社長と二人で会社を出る。

嶺村が手配してくれたハイヤーに乗り込んだ。

ハイヤーが滑らかに動き出し、工場の前を歩く社員たちの横を走り過ぎる。

社員たちのもの問いたげな視線が、窓越しに突き刺さってくる。

きっと明日また質問攻めに遭うのだろう。気が重い。
二、三分走ったところで赤信号につかまり、ハイヤーは停まった。
横断歩道を大勢の人が渡って行く。自転車の前後に子どもを乗せた女が、中央付近で突然停まった。顔を後ろに向けて何事かを確認すると、またすぐに漕ぎ始めた。

ちらっと隣のミュラー社長に目を向けた。

窓外の景色を好奇心いっぱいといった表情で眺めている。

もしかすると今が社長に聞くチャンスだろうか。いや……やっぱり無理。

浩紀は質問どころか、気の利いた世間話さえ口に出来ず黙り続けた。

そして三十分ほどで、北川が住むマンションの前に到着した。

ミュラー社長から日本人のキッチンを見たいと言われた。社員や料理人、業界関係者じゃないフツーの人がいいとの要望だった。今日の今日でキッチンを見せてくれる人なんて、探せやしないと思ったのだが、ダメもとで北川に連絡したところ快諾してくれたのだ。

マンションの一階にはコンビニが入っていた。そのコンビニの脇にマンションの小さな入り口があった。コンビニの客が停めたと思われる自転車が、マンションの入り口を半分ほど塞(ふさ)いでいる。

自転車を避けて入り口に近付き、浩紀はインターフォンを押した。

エレベーターで五階に上がる。そして玄関ドアを開けた北川に、ミュラー社長を紹介した。

先に浩紀が北川家に足を踏み入れた。靴を脱ぎ細長い廊下を進む。

リビングから振り返ると、ミュラー社長が三和土(たたき)で紐靴を脱ぐのに手こずっていた。

なにかしてあげるべきだろうか。だがなにを?

ミュラー社長を眺めていると、浩紀の隣に北川が立った。

そしてミュラー社長に向かって〈狭い三和土で申し訳ないですね。ただ大金持ちの大邸宅でもなければ、靴を脱ぐスペースは大体そんなもんなんですよ、日本じゃ〉と英語で言った。

北川は以前英語圏の人と付き合っていたそうで、英語はペラペラだった。この点もあって北川に白羽の矢を立てたのだ。

少ししてミュラー社長がやっとリビングにやって来た。

すると北川が説明を始めた。〈ここがリビングで、こっちがダイニングです。食事はこのダ

イニングテーブルでしてます。私が一人暮らしだということは知っていますか？〉

ミュラー社長が頷く。〈彼から聞きました。一人で暮らしていて自炊していると〉

〈自炊といっても、ちゃんとしたものは作ってないんですよ。でもまぁ、今日はせっかくだから手料理をご馳走しましょう〉北川が宣言した。

ミュラー社長が笑顔で〈有り難う。楽しみです〉と言った。

初めて見た笑顔だった。

北川に続いてミュラー社長がキッチンの中に入る。

北川が戸棚を開けて、収納されている料理グッズの説明を始めると、ミュラー社長はそれらを真剣な表情で見つめ、何故それを選んだのか、どこで買ったのか、値段はいくらだったのか、どんな料理で使うのか、気に入っているのかといったことを尋ねた。更に北川が二本だけもっていた、包丁についても質問をした。

北川は〈正直、包丁については知識も興味もなくて、大型スーパーで万能包丁とパッケージに書かれていたものと、パン切り包丁を買いました。何年も使っていますが特に不満を覚えたことはないですね〉と答えた。

ミュラー社長と浩紀はダイニングテーブルに着き、キッチンカウンターを挟んで北川と向き合う。

北川が〈今日のメニューは、トマトとクリームチーズの和風サラダと、鰺の南蛮漬けと、肉じゃがです〉と言った。

浩紀は腹が鳴りそうになって、思わず自分の腹部に手を当てた。
北川が続けた。〈週末にたくさん作って、冷蔵庫に保存しておいたものです。せっかくお客さんが来てくれたので、一品だけ今から作りましょう。作るといってもプロじゃないんで、いつも作っている簡単なものですが。ブロッコリーとウインナーのガーリック炒めです〉
それから北川が鋏でブロッコリーをひと房カットした。
すかさずミュラー社長が質問する。〈いつもブロッコリーは鋏でカットするんですか？〉
北川が〈ブロッコリーはいつも鋏です〉と答える。そして浩紀に向かって〈だよな？〉と確認した。
浩紀は言う。〈私は包丁で切り離しますね〉
北川が〈そう？〉と驚いたような顔をしてから〈ま、人によって色々なんでしょう〉と言ってカットしたブロッコリーをザルに入れた。
ブロッコリーを流水で洗いながら北川が尋ねた。〈社長さんは、斉藤工業さんをこれからどうされるおつもりなんですか？〉
ミュラー社長が答える。〈これまでも売れていましたが、やり方次第でもっと利益を出せると思っています。そういうポテンシャルがあると考えています。そう判断したので買収しました。すでに日本でも海外でも、斉藤工業の名前は業界人たちに知られています。だから斉藤の名前は残しますが、これからはビジネスのやり方を、変えていくことになるでしょう〉
〈ビジネスのやり方を変えていくということなら〉北川が一瞬浩紀を見てから、ミュラー社長

に顔を戻した。〈まずは組織変更ですか?〉
ギクッとして浩紀はミュラー社長に目を向けた。
ミュラー社長は首を左右に振った。〈前の社長の奥さんと約束したので、一年間は組織変更はしません〉
北川がブロッコリーを皿に移して、そこにラップをふわっと掛ける。〈一年後なら組織変更が出来るということですね。そこのタイミングでリストラですか?〉
ミュラー社長が言う。〈生産性を上げることが重要だと考えています。非効率だと判断すれば人員整理の可能性はありますね〉
あぁ、やっぱり……一年後に組織変更とリストラ……大変だ。私は会社に残れるだろうか。残れたとしても、今とは違う仕事を強いられる可能性もある。なんてことだ。
それにしても私たち社員が知りたいことを、北川はズバズバと聞けてしまうのが凄い。社員じゃないから聞き易いということもあるだろうが、今、北川はどんな役を演じているのか。
北川の料理が終わり、ダイニングテーブルには四つの大皿と小皿、白飯の入った茶碗が並んだ。
三人で缶ビールをぶつけ合って乾杯をした。
北川が小皿にサラダをよそい、それをミュラー社長の前に置く。
ミュラー社長のためにナイフとフォーク、スプーンが用意されていたが彼は箸を手に取った。ぎこちないながらもなんとかトマトを口に運んだ。

そして食べると幸せそうな顔をした。〈とても美味しいです。日本ではサラダも美味しいんですね〉

北川が説明する。〈オカカと醤油(しょうゆ)で味付けしてあるので、社長さんが普段食べているドレッシングとは違うでしょう〉

ミュラー社長が頷いた。

北川が質問する。〈社長さんは料理はしますか?〉

〈以前は週末に妻のために作りました。いつも喜んで美味しい美味しいと言ってくれるので、頑張って作りましたが〉ミュラー社長は突然寂しそうな顔をした。〈三ヵ月前に妻が天国に行ってしまって、それからは作らなくなりました〉

北川が頭を下げて〈ご愁傷様です〉と言ったので、浩紀も同じ言葉をミュラー社長に掛けた。

食卓は静かになる。

その場の空気を変えようとしたのか、ミュラー社長が明るい声を出した。〈四年前に仕事で日本に初めて来ました。その時、大福に衝撃を受けました。恋に落ちたと言ってもいいでしょう。コンビニでなんだかわからなかったのですが、買ってみたんです。ホテルで食べて驚きました。素晴らしく美味しかったんです。こんなに素晴らしいものが、コンビニで日常的に買える日本は凄いと思いました〉

そう言って小さな笑みを浮かべたミュラー社長は、肉じゃがの大皿に箸を伸ばした。

七

目が覚めた浩紀は、サイドボードの上の時計で時間を確認する。

午前九時。

トイレに行ってから二度寝するとしよう。毎週末のことなのだが、休日の朝にこう思う瞬間が好きだ。

身体を起こして顔を左に向けた。

隣のベッドに沙羅がいなかった。寝た形跡もない。

ゲームで完徹したんだろう。元気だな。

寝室を出た浩紀はトイレに向かう。

トイレに入ると紺色のカバーの付いた蓋と、同色のカバーを被せた便座を持ち上げた。

我が家のトイレは滅茶苦茶狭い。便座に座る時には気を付けないと、額をドアにぶつけそうになるぐらいだった。

この部屋を内覧した時、トイレが狭過ぎないか？　と浩紀は言った。だが沙羅は気にならないと答えた。そして洗面所と浴室が広いのだから、トイレの狭さぐらいは受け入れないと口にした。駅から徒歩で十分のこの中古マンションを、沙羅がとても気に入ったため買うことにした。伊藤家では沙羅の意見が大抵通り、沙羅の希望通りに物事が進んで行く。

それでいい。浩紀に決定権が与えられたら迷ってしまうばかりで、なにも進まないだろうから。

結婚も沙羅が決めた。沙羅からプロポーズされたのだ。

沙羅の部屋でゲームをした後で、アイスを食べていた時だった。沙羅が突然浩紀の前に正座した。そして喋り出した。「私は思っていることをはっきり口にするから、嫌われることもあるけど、裏がなくていいと言ってくれる友達はいます。浩紀は自分の意見を言うことは少なくて、誰かの言いなりになってしまうことが多いよね。それに優しいから付け込まれちゃって、本当はしたくないことを、させられたりしちゃう。浩紀が巻き込まれそうになった時、私ならそうしたものをシャットアウト出来るし、守ってあげられる。浩紀には私が必要なんだよ。だから結婚して」と。そう迫られた浩紀はそれは心強いなぁと思い、よろしくお願いしますと言って頭を下げた。

トイレを済ませて手を洗った浩紀は寝室に向かう。

ドアノブに手を掛けた時、ふと気が変わって廊下を歩き出す。そしてリビングのドアを開けた。

沙羅がソファに膝を抱えて座っていた。

浩紀は声を掛けた。「なにしてんの?」

沙羅が顔を上げた。

暗い表情をしている。

「具合が悪いの？」と浩紀は尋ねた。

ゆっくり首を左右に振る。「私……とんでもないことしちゃったの。だから浩紀に謝らなきゃいけないんだよね。ごめんなさい」

「えっ。とんでもないことって、なに？」

「私……私、給料が全然上がらないでしょ。少しでも増やせたらって。そう思ったの。それで仮想通貨取引を始めたの。最初は調子が良くて凄く増えた。でも急に価格が下がってしまって焦っちゃって。挽回しようとして資金を追加して。でもダメで」

「ダメって……どういうこと？」浩紀は尋ねた。

「貯金がゼロになった」

「えっ。どの貯金？」

「全部」

「は？　三つあったよね、貯金していた口座。その三つとも残高がゼロになったの？」

沙羅が頷いた。

そんな……そんなこと……。金の管理は沙羅に任せていた。私がやるよと言ったから。貯金がゼロ？　四十五歳で？　どうすりゃいいんだ。

浩紀は立っていられなくなって、ダイニングの椅子にへたり込んだ。

沙羅が声を発した。「ごめん」

浩紀は両肘をテーブルに突き頭を抱えた。

沙羅が問う。「私と離婚したい？」

「………」

「離婚したいと言われても当然のことをしたんだけど……そうなんだけど私は離婚したくない」

「………」

「凄く反省しているというのは、わかって欲しい。二度とこんなことしないと約束する。だから許して欲しい。私はこれからも夫婦でいたいの」

「………」

「貯金がゼロだから、これからちょっと大変だけどお互い仕事はある訳だし、節約してこれからまた貯金をしていこうよ」

貯金をしていこうよ？

驚いて浩紀は顔を上げた。

浩紀を励ますような表情を浮かべている。

この人は誰なんだろう。私が知っていた妻ではない。いや、そもそも私は妻を知っていたのだろうか。

浩紀は沙羅から視線を外して再び頭を抱えた。

八

壁のネームプレートに大久保専務の名前を見つけた。扉を横に滑らせる。

入ってすぐのベッドに大久保専務がいた。ベッドの背中部分を立てて座っている。

ベッドテーブルの上にはトレイがあり、プラスティック製の食器が並んでいた。

浩紀は声を掛けた。「専務。こんにちは。お見舞いに来たんですがお食事中だったんですね。タイミングが悪くてすみません」

笑みを浮かべた。「なに、今終わったところだよ。わざわざ見舞いに来てくれんでも良かったのに。まぁ、いいけどさー。座ってよ」

浩紀は持って来た花のアレンジメントを、ベッド横のボードに置いてから丸椅子に腰掛けた。そして尋ねた。「お加減はいかがですか?」

「今日は割合調子いいね。日によってバラつきがあるんだ。身体を起こすのもやっとの日もあるし、そこらを歩き回れる日もあるよ」

「そうですか。ゆっくり養生なさってください」と浩紀が言うと、大久保専務は小さく頷いた。

病室は二人部屋で窓側のベッドに患者の姿はなかった。六階の窓からは少し先にある首都高が見える。渋滞していて車が数珠（じゅず）繋ぎになっている。

ふと思いついて浩紀は口を開く。「今日は水曜日ですね、大久保専務。週の真ん中です」

「そうか。今日は水曜日か。働いていないと、どうも曜日がはっきりしなくなるな。水曜日なら あと半分頑張るか」と少しおどけたような表情をした。

常日頃大久保専務は言ったのだ。「伊藤君さー、水曜日だね。週の真ん中だよ。あと半分頑張ろう」と。その言葉を聞く度に、バリバリ仕事をする大久保専務でも、本当は働くのが大変で、週末を心待ちにしているのかもしれないと思ったものだった。

大久保専務が言う。「こっちが元気がないのは病人だから当たり前として、なんで伊藤君まで元気ないのかな？」

「元気がないように見えますか？」

「見えるね」

それは……貯金がゼロになったからだろうな。先週突然沙羅から告白を受けて、浩紀の人生は大きく狂った。未だに心が事実を消化出来ていない。ひとまず別居をしたかったのだが金が掛かるため、それは叶わず同居を続けている。給料はそれぞれが自分で管理するようになった。だがそんなプライベートのごたごたを、上司に話せるはずもない。

話せる方の心配事を浩紀は語り出した。

ミュラー社長のこと、会社のこと、一年後に予定されている組織変更のこと、リストラがあるかもしれないこと、それを知った社員たちの動揺と不安について報告した。

その間、大久保専務は腕組みをしてじっと聞いていた。

浩紀の話を聞き終えた大久保専務は、ゆっくり腕を解いた。「伊藤君の話を聞いた限りじゃ、随分と皆は不安がっているようだね」

「はい」

「ミュラー社長はもう国に帰ったのか？」

「はい。帰られました」

「そうか」と言うと遠い目をした。

それから腕を頭の後ろで組んだ。

少しの時を置いてから大久保専務が口を開く。「斉藤工業は長い間、無風状態だったからさー、皆、免疫がないんだろうな」

「無風状態……ですか？」

「そう。なにも起こらないことに慣れていたんだろう。昨日と、先月と、去年と同じという環境が当たり前に思っていたのだろうし、それで上手く回っていた。だがこれからも回っていくとは言い切れないからな。会社の方向性を再検討してみるにはいい機会だ。よそじゃ、頻繁に行われていることだよ、組織変更もリストラも」

「そうかもしれませんが、やっぱり不安で」

「仕事に対する考え方を一新する必要があるようだから、セミナーを受講して貰おうかな。そうだな、そうしよう。人事部に私から言っておくよ。皆にセミナーを受講させるようにと」

「セミナーを受講したら不安はなくなるんでしょうか？」

「それはわからんが、なにもしないよりはいいだろう」

大久保専務は忘れないうちにメモをしておこうと言うと、ボードの引き出しを開けた。黒い手帳を取り出して、そこに書き付けた。

大久保専務はメモ魔だ。何故と思うようなことまで手帳に書き残す。

あれは大口の客を紹介してくれた礼を言いに、大久保専務とS国の大使館に行った日のことだった。挨拶が済んだので、てっきり真っ直ぐ会社に戻るのだろうと思っていたら、ちょっと休んでいこうと大久保専務が言った。

昔ながらの喫茶店に入ると、大久保専務は慣れた様子で、棚に並んでいた新聞の中から一つを手に取り席に座った。そして「たまにはさー、サボりもいいだろ」と言った。

コーヒーが来るのを待っている時、突然大久保専務が言い出した。「動物に生まれ変わるとしたら、なににだけはなりたくない?」と。浩紀はびっくりしながらも一生懸命考えた。

浩紀の答えを待ちきれなくなったのか、大久保専務が「私はパンダにだけはなりたくない」と発言した。「どうしてですか?」と理由を問うと、大久保専務は答えた。「可愛いだのなんだのと、ちやほやされるだけの一生なんて嫌だね。その可愛いってのは外見だぞ。外見を褒められるだけの一生なんて虚し過ぎるだろ。自然界じゃ絶滅しそうっていうのもさー、情けないしな。人間に頼りっ放しという生き方も嫌だよ、私は」と。

真面目な顔でそんなことを言う大久保専務が可笑しくて、浩紀は少し笑ってしまった。それから告げた。「私がなりたくないのは犬です」と。浩紀は説明した。人間に忠誠心を向け続ける一生は辛いですし、ボールを投げられたら嬉しそうに追いかけて、拾って戻るのもしんどいですと。すると大久保専務は「なるほどねぇ」と嬉しそうな顔をして、胸ポケットから手帳を取り出した。そして忘れないうちにメモしておかないと、と言って書き付けたのだった。

病室にぽっちゃりした体型の女性看護師が入って来た。

大久保専務のトレイを覗くと「完食ですね、偉い偉い」と言って笑みを浮かべた。

大久保専務が浩紀に説明する。「この伊倉さんはさー、患者を子ども扱いするんだよ」

「そんなこと言って」と伊倉が大袈裟に身体を後ろに反らした。「手のかかる子どもばっかりで気苦労が多くって、私はこんなに痩せ細ってしまったわ」

そう冗談を言うとトレイを持ち上げた。そして病室を出て行った。

伊倉を見送った大久保専務が口を開いた。「斉藤工業はさー、斉藤社長が亡くなって廃業寸前だった。それをテークリヒのミュラー社長が救ってくれたんだ。有り難いことじゃないか。なんでもかんでも自分たちの望みばかりを並べて、変わりたくないと言うのではなく、救ってくれた新社長と一緒に、会社を盛り立てようと考えてみたらどうなんだい？」

「…………」

「伊藤君さー、働くのはしんどいがやっぱり人間は働くべきだよ。自分が役に立ったという感覚はさー、働く中で得られるからね。働けるのはさー、幸せなことなんだ。気に入らない職場であってもね。そこでもきっとなにか得られるものはあるはずだ」

浩紀は素直に頷けなくて下を向いた。

九

北川が声を上げた。「素晴らしい即興芝居を披露してくださった、杉田さんと嶺村さんに、拍手をお願いします」

斉藤工業の社員たちが拍手をした。

大久保専務が宣言していた通り、全社員がセミナーを受講することになった。講師を探していた人事部の社員から、知り合いはいないかと聞かれた浩紀は、北川を推薦しておいた。人事部は何人かの候補者の中から、北川を選んだのだった。仕事に支障が出ないよう四つのグループに分かれて、そのグループごとに日にちを分散して受講する。

今日は浩紀を含め十五人ほどが会場にいた。百平米ほどの貸会場の後ろ半分にパイプ椅子が並び、社員たちが腰掛けている。前方の壁には白いスクリーンが設置されていて、その隣にはホワイトボードがあった。

箱が用意され、そこには今日参加している社員の名前が書かれたカードが入っていた。その中から北川が二枚を引いた。それが杉田部長と嶺村だった。もう一つ用意された箱には、ポジション名が書かれたカードが入れられていて、杉田部長と嶺村がそれぞれ一枚ずつ引いた。杉田部長が引いたカードには新入社員と書かれていて、嶺村のには社長と書いてあった。

北川が総務部長の役を演じて、新入社員役の杉田部長を、社長役の嶺村に引き合わせ、仕事を教えてやって欲しいと言ってその場からはけた。それから先は二人で即興芝居を続けることが求められた。嶺村は冷酷な女性社長を見事に演じ、新入社員役の杉田部長を翻弄した。一方の杉田部長はついつい地が出てしまう大根役者で、嶺村から謙虚さを学びなさいと叱られていた。

そうした二人の即興芝居が終わったところだった。

北川が発言する。「このセミナーで体験して頂きたいのは、視点を変えてみるということです。引いたカードに書かれたポジションの役になって貰うことで、それまでとは視点が変わります。違う視点から会社を見てみると、これまでとは異なる景色が広がっているはずです。この経験はこれからの仕事に、いい影響を与えてくれるでしょう。それではここで十分間の休憩にします。トイレは廊下の突き当りにあります」

その言葉を合図に何人かが立ち上がる。

部屋を出て行く者、その場で背伸びをする者、スマホをチェックする者など色々だった。

浩紀の隣に座る鈴木部長が「気に入らない」と呟いた。

そして浩紀に顔を向けると「こんなことして、どうなるっていうんだよ？」と質問した。

「私に聞かれましても」

「包丁を作ってるんだよ、俺は。誰がどう考えたって俺が社長になることはないし、総務部で働くこともないんだよ。それでも芝居をしなくちゃいけないのか？　あの蝶ネクタイのオッサンにいくら払ったんだ？」と顎（あご）で北川を指した。「そんな金があるなら、休憩室のポットを買い替えてくれって話だよ。違うか？」

「大久保専務が決めたことですから、きっと私たち社員に必要なことなんでしょう」と浩紀が言うと、鈴木部長は黙った。

大久保専務の名前は水戸黄門の印籠のように効く。鈴木部長だけでなく大抵の社員に効いた。だから誰かがごねたりして業務が進まないような時に、大久保専務の名前を出す。そうすればスムーズにいくことが多かった。

休憩時間が終わり、北川がまた箱からカードを二枚引き抜いた。

そして「伊藤浩紀さん」と声を上げた。

やっぱりな。嫌な予感がしていたんだ。普段籤運はないのだが、こういう当たりたくない時に限って当たるのが私なのだ。

即興芝居の相手は平山だった。浩紀が製造部長のカードを引き、平山は営業部長のを引いた。それから北川が設定を発表した。会議の席で営業部長が製造部長に、納期の交渉をする場面を演じて欲しいという。

この設定なら大丈夫そうだ。鈴木部長に納期の前倒しの交渉をした実体験がある。その時と立場は逆だが、なんとかなるだろう。

浩紀と平山は前方の空いたスペースに、一メートルほど空けて置かれたパイプ椅子に座り、向かい合った。

北川が「よーい、スタート」と言ってパチンと手を叩いた。

平山がいつものように、眼鏡のブリッジに中指を当て押し戻した。「納期が一週間も遅れているというのは、どういうことなんだ？」

えっ。遅れているという設定にしたのか。こっちの分が悪いな。

浩紀は製造部長になったつもりで答えた。「機械が故障したし、インフルエンザで出社出来ない社員が、たくさん出たせいです。えっと、出たせいだ。悪いが、顧客に事情を説明して理解して貰ってくれ」

「この前も同じようなことを言っていたよな。本当は違う理由があるんじゃないのか？」

「いや、他に理由はないよ」

「大切な顧客なんだ。これ以上遅れたら大口顧客を失うことになってしまう。残業して対応して貰えないかな」

それは……癪（しゃく）に障る。

浩紀は言う。「そもそも君が無茶な納期で請け負ってきたのがいけない。通常の納期であれば、なんとかこなせるが、今回のような特別短い納期の場合は、事前にこっちに可能かどうか、問い合わせてくれれば良かったんだ。そうすれば工場の事情を説明出来ただろうし、それは受けられないと言うことも出来たろう。こちらに確認もせずに引き受けた君のミスじゃないか。君のミスのために、どうして職人たちに残業させなくてはいけないんだ？　君が残業代を払ってくれるのか？」

平山が少し驚いたような表情を浮かべた。

だよな。浩紀も自分にびっくりしている。分が悪い設定にされてしまい、このままだと押し切られてしまうと予想した。だが営業部の方に、非があったという設定を思い付いたので言ってみた。これで立場は逆転したのではないだろうか。

それにしてもこんな対応を実生活でした経験はない。強く言われると断れなくて、引き受けてしまうのが常だった。だが今は断固拒否している……自分ではなくて製造部長を演じているからだろうか。なんだかちょっと新鮮だ。

平山がまた眼鏡のブリッジを、中指で押してから口を開いた。「事前に相談しなかったのは、私の落ち度だ。その点については謝るよ。ただうちの納期がよそに比べて長過ぎるんだよ。注文を受けたら即日納品が主流なのに、どうしてうちだけこんなに日数が掛かるんだ？」

手強いな。確かにうちは納品までに時間が掛かる。海外のバイヤーから指摘を受けたことが何度もある。だがどうしてそういうことを、システム部の平山が知っているのだろう。知らなかったが適当に言ってみたということなのか？　いつも静かにコンビニ弁当を食べている眼鏡の青年が、営業部長役を生き生きと演じていることに、戸惑ってしまう。

浩紀は反論を試みる。「一本一本丁寧に作っているからだ。機械任せにせず、大事なところは手作業で職人が仕上げているし、何重もの検品をして品質を保っている。それを少ない人数で行っているのだから、納品までの時間が掛かるのはしょうがないことだ。質を維持した上で納期を短くしたいなら、社員を増やすよう人事部に言ってくれ。そういうことを説明して、納品までの期間を客に納得させて注文を取るのが営業の仕事だろ。営業の仕事をきっちりやったらどうなんだ」

北川がパチンと手を叩いた。

これによって浩紀たちの即興芝居は終わった。

北川に促された社員たちが拍手をする。

浩紀は自分の席に向かって歩き出した。

パイプ椅子に座ると、隣の鈴木部長が拳を出してきた。

浩紀はその拳に自分の拳を当てる。

鈴木部長は満足そうな顔で「よくやった」と言った。

それから二時間後にセミナーが終わると、浩紀は自宅に戻った。

リビングのドアを開けて「ただいま」と浩紀が言うと、割烹着姿の沙羅が「お帰り」と返した。

食事をそれぞれが用意すると割高になるので、これまで通り朝食と昼食は浩紀が、夕食は沙羅が二人分を作っている。どちらかが食材を買った時には、その日のうちにレシートに書かれた金額の半分を、立て替えた人に支払うルールになった。

部屋着に着替えた浩紀はダイニングテーブルに着いた。

カレーライスの皿に目を落とす。

牛肉が入っている。

高いのに。鶏肉だって豚肉だって構わないのに、どうして牛肉なんか。こんな小さなことが腹立たしい。

沙羅が向かいに座った。

浩紀は「いただきます」と言ってカレーライスを食べ始める。

無言でスプーンを皿と口の間で往復させた。

沙羅が「今日のカレーの味はどうかな」と言いひと口食べる。

そして「うん。上出来」と続けた。

浩紀はなにも言わずただ食べ続ける。

沙羅が貯金をゼロにしたと告白した日から、浩紀は新しいルールを決める時以外は、いただきますとか、ご馳走様とか、ひと言で済む言葉ぐらいしか発しなくなった。言うべき言葉が見つからないのだ。沙羅を許せなくて、そんな許せない自分に戸惑っている。

沙羅は今のように言葉を発するが、浩紀がなにも言わないので、大抵独り言のようになった。

浩紀はサラダに箸を伸ばした。プチトマトを摘み上げて口に入れた。

十

「社長になにか言われたんじゃありません」浩紀は訴えた。「私の考えです。そういうのがあったら、社長は安心するのではないかと思いまして」

鈴木部長が冷めた表情を浮かべる。「自分の点数稼ぎか?」

「そういうことじゃありません」

「とにかくだ。気が散るんだよ、撮影なんかされたら。気が散ったら危ないだろ。刃物を作ってるんだからさ。だからＮＧ」と言うと、両手の人差し指をクロスしてバツを作った。

そうして鈴木部長は歩き出した。工場と繋がっている渡り廊下を進んで行く。

浩紀はその背中が見えなくなるまで目で追った。

やっぱりダメだったか。ま、予想通りではあるが。

浩紀はミュラー社長の視点で会社を見てみた。買収してから日が浅い斉藤工業のことを、色々と知りたいのではないかと推測した。そこで包丁を職人たちが作っているところを撮影し、その動画をミュラー社長に送ろうと考えた。ミュラー社長は就任した日に、工場を熱心に見学して歩いてはいたが、それはさっと上辺だけを眺めたに過ぎない。もっとそれぞれの仕事と手際をよく見て貰いたい。そして現状が一番いい状態なのだと思って欲しい。だがそれには鈴木部長の許可と協力が必要だったのだが。

貯金がゼロになった浩紀としては、解雇されたくない。転職なんて冒険している余裕はないのだ。もはや楽をしたいなどと言ってる場合ではなくなった。斉藤工業で働き続けたい。組織変更もリストラもないのが理想だった。

自分のデスクに戻ろうと歩き出すと、背後から声を掛けられた。

振り返ると、嶺村が廊下の隅に立っていた。

嶺村が「私はいいアイデアだと思いますよ」と言った。

「えっ。あぁ、聞いてたんだ。そうかな。だがまぁ、断られちゃったから」

「交渉の仕方じゃないですか？」

「えっ」

「私が鈴木部長を説得してみましょうか？」

浩紀は驚いて確認する。「本当に？　それは有り難う。でもどうして？」

「どうしてと聞かれると……恩返し的な感じですかね。私の代わりに電球を取り換えてくれたり、植栽の剪定（せんてい）を手伝ってくれたりするじゃないですか」

「嶺村さんから手伝ってくださいと言われちゃうからね」

「まぁ、そうなんですけど、日頃のそうしたことへのお礼だと思ってください。それにいつも断れなくて、いろんなことを頼まれっ放しの伊藤さんが、自ら会社のために頑張ろうとしているから、応援したくなりました」

「……そう、なんだ」

先輩社員である私に、なかなか酷いことを言っているのを、嶺村は自覚しているのだろうか。まぁ、その通りなんだが。

浩紀は尋ねる。「なにか作戦でもあるの？」

頭を左右に振った。「作戦はないです。ただ伊藤さんのアイデアに、乗っかりたい気持ちになったっていうだけなんです。この間のセミナーで私、社長の役をやって、それからなんか会社全体を俯瞰で見るようになって、社長にもっと斉藤工業を理解して貰いたいなと、思っていたところだったんです」

「そうなんだ。それじゃ、まぁ、よろしく」と浩紀は言った。

それから浩紀はデスクに戻り業務をこなした。

昼休憩を知らせるチャイムが鳴り、弁当を持って休憩室に行った。

いつものように平山の斜め前に座る。

すると聞いてもいないのに平山が「今日は冷やし中華にしました」と報告した。

セミナーに参加した時に、二人で製造部長と営業部長の役を演じてからというもの、不思議と平山との会話が増えている。それによって平山が、休日にバイクに乗ってあっちこっち行くことや、母親がリュウマチを患っていることなどを、知るようになった。

梅雨入り前なのだがすでに夏が来たかのように、今日は暑い。

それで平山は冷やし中華を食べたくなったのかもしれない。

浩紀は窓外に目を向けた。

隣の敷地との間に電柱が立っている。そこに巻き付けられた広告によれば、前の通りを直進すればB美術館に到着できるらしい。

浩紀が弁当の蓋を開けた時、嶺村が休憩室に入って来た。嶺村は浩紀に向けて一つ頷くと、そのまま部屋を真っ直ぐ進んで行く。

あっ。もしかしてこれから鈴木部長に交渉する気なのか?

浩紀は上半身を後ろに捻り嶺村の姿を追う。

嶺村は鈴木部長の横で足を止めた。「お食事中失礼します。部長、うちの職人さんの技は最高レベルなんですよね？」

「なんだよ、急に」鈴木部長が驚いたような顔をした。「うちの職人？　そうだよ、最高レベルだ」

「機械だけで作った包丁と、職人さんが仕上げた包丁では、出来上がりが違うんですよね？」

「そうだ」自信たっぷりに頷いた。

「そういうの、今度の社長はちゃんとわかってますか？」嶺村が尋ねる。

「どうかな」

「わからせたくないですか？　わからない人に解雇されるのは嫌ですよね？」

「そりゃあそうだよ」

「だったらわからせましょうよ、社長に。職人さんの凄さがわかる映像を撮って、それを社長に送りましょう。組織変更やリストラをされる前に、こっちから先に動きましょう。先手必勝ですよ」

鈴木部長が嶺村から視線を外し、それをすっと浩紀に向ける。

わっ。どんな顔をすればいい？

どうしたらいいかわからないながら背筋を伸ばした。

鈴木部長が嶺村に顔を戻す。「名人にそうまで言われちゃ受けないって手はないな」

受けるのか。ついさっき私の提案は拒絶したのに。嶺村のように焚きつけて、話を進めれば良かったのだろうか。

嶺村が「それじゃ、撮影や編集は伊藤さんがしますので、細かいことは伊藤さんから改めてご相談させて頂くということで、よろしくお願いします」と言うとペコリと頭を下げた。

それから浩紀に顔を向けると、自分の口元の横に手を当てて「ということなんで、後はよろしくお願いします」と声を上げる。

浩紀は立ち上がった。そして嶺村と鈴木部長に向けてお辞儀をした。

嶺村は女子社員が集まっているいつもの席に収まった。

強いな、嶺村は。それに突破力がある。

平山が小声で言った。「大丈夫ですか？　またなにかに巻き込まれてるんですか？」

浩紀は答える。「いや、私がしたかったんだ。それを名人が助けてくれたんだ」

平山が目を真ん丸にした。

十一

浩紀は鈴木部長の手元をぐっとアップにする。

鈴木部長は砥石（といし）の上で包丁を研ぎ、刃付けをしていた。

包丁の切れ味を良くするには尖（とが）った刃先が必要だが、鋭角にし過ぎたり、薄くし過ぎたりすると強度が弱くなる。この加減が難しい。包丁の刃先は尖っていると思われがちだが、実際は〇・〇〇二から〇・〇〇五ミリほどの幅があった。これ以上薄くすればすぐに刃が欠けてしまうのだ。

鈴木部長が包丁をすっと自分の目の高さに持ち上げた。刃を上にして鋭い眼光で刃先を見つめる。すぐに包丁を下ろすと、先程の隣の砥石に包丁を当てた。

鈴木部長の前には五種類の砥石が並んでいた。

刃付けは段階を踏んで研いでいくため、五種類の砥石が必要になる。

鈴木部長がまた包丁を目の高さまで持ち上げ、刃先を凝視する。

浩紀は周囲の機械音に負けないよう大きな声で質問した。「それはなにを見てるんですか?」

「包丁の刃先は直線のように見えるが実際は違うんだ。電子顕微鏡で見れば、ノコギリのようにギザギザになってる。そのギザギザの程度を見ている」

「肉眼で?」

「肉眼で」

なんだかよくわからないが、ちょっと格好いい。

浩紀は鈴木部長の手元を撮影し続けた。

しばらくして鈴木部長が言った。「出来たぞ」

「有り難うございます」浩紀は撮影を止めて包丁を受け取った。

隣の倉庫に移動した。

隅に用意したテーブルには切れ味測定器を置いてある。

北川が紹介してくれた会社から借りた機械だ。

嶺村のアイデアを採用し、ただ作っているのを撮影するのではなく、対戦形式の映像を撮ることにした。

テーブルから二メートルほど離れたところに三脚を立て、カメラを取り付けた。

ふと振り返ったら、二十人ほどの社員が浩紀を取り囲んでいた。

浩紀はファインダーを覗いてピントを調整する。それから測定器に近付いた。約六十センチ四方の測定器に、機械で刃付けをした包丁を、刃先を上にしてセットする。刃先の上に紙の束を載せた。

その時一人では無理だと気付く。

最前列の長島栄貴に目が留まった。

入社二年目の二十歳の青年だ。

浩紀は長島に声を掛ける。「合図をしたらスイッチを押してくれないか?」

長島はびっくりしたような顔をして「自分がっすか?」と言った。

そしてすぐに「いいっすよ」と引き受けると、なぜか拳を上げて「俺、やります」と周囲の社員たちに宣言をした。

すると「頑張れよ」と声が掛かった。

浩紀は説明する。「スイッチを押すと包丁が一往復して紙を切る。そうしたら切れた紙の数を数えながら、このテーブルに並べてくれないかな?」

「わかりました」と長島が即答すると、「数を数えられるのか?」といった冷やかしの言葉が聞こえてきた。

長島は「大丈夫っすよ。数えるだけっすよね。イケますよ。全然」と言った。

撮影がスタートした。

機械で刃付けをした包丁で切れた紙は二十枚だった。

浩紀は一旦カメラを止めて、測定器にセットしてあった包丁を、鈴木部長が刃付けしたものと交換する。

それから先程と同じ量の紙の束を刃先に載せた。カメラの背後に戻り長島にキューを出した。

長島がスイッチを押す。

すぐに包丁が動き出し一往復して止まった。

長島がそうっと紙の束を包丁から外した。ひっくり返してテーブルに置く。そして両手の人差し指と親指で、一番上の紙を摘み上げた。

「一枚」と言うと、切れた紙同士を少し間を空けて測定器の前に置いた。

それから二枚、三枚と、紙を並べながら数えていく。

ギャラリーは先程より増えて三十人ほどになっている。その中に鈴木部長がいた。

自信があるのか腕を組み、落ち着いた様子で見学している。

長島が「二十枚」と言って切れた紙をテーブルに並べた。

これで機械で刃付けをした包丁と同じ枚数になった。

長島が紙の束をじっと見下ろす。

一気にその場に緊張が走る。

ゆっくりと紙に手を伸ばした長島は、摘んだそれを持ち上げて「二十一枚」と大きな声を上げた。

そして皆に見せるように高々と掲げた。

一斉に拍手が起きる。

同時にほっとしたような空気が流れる。

まぁ、わかっていた結果ではあったが、万が一にも機械に負けてしまったらという不安が、ゼロではなかった。とにかく機械に勝ってくれてよかった。

長島が「二十二枚」と数えて次の紙もテーブルに並べた。

その次の紙も同様に並べる。

どんどん皆の顔が輝いていく。

浩紀も嬉しくなってくる。

長島が「三十枚」と言った時だった。

社員たちから「三十まーい」と繰り返す声が上がった。

すると長島がそれまでよりゆっくりした口調で、次の紙を「三十一まーい」と数えた。

社員たちが「三十一まーい」と繰り返す。

その声はさっきより明らかに大きい。

声を上げる社員が増えたのだろう。

長島が言う。「三十二まーい」

社員たちが言う。「三十二まーい」と。誇らしげに。

そうして五十枚まで数えた。

五十一枚目になった時、長島がぐっと顔を紙に近付けた。

もう切れていないのかもしれない。

皆が固唾を呑んで見守る中、長島がそうっと紙を摘み上げた。

それは……繋がっていた。

残念そうな顔の長島がその紙を皆に見せる。

その瞬間、社員たちから大きな拍手が起こった。

長島が包丁に向けて両手をひらひらと動かした。そしてカメラに向かってニカッと笑った。

最高に幸せそうな顔で。

自分が刃付けした訳ではないのに。だが……自分のことのように嬉しい気持ち、ちょっとわかる。私も嬉しいから。

浩紀は工場に戻り、今度はオーダー包丁を担当する日暮明（ひぐれあきら）にカメラを向けた。

日暮は去年定年を迎えたが嘱託で残り、オーダー包丁を担当していた。

オーダー包丁を作るコーナーは、周りの空気が揺らめくほど暑い。千度ぐらいになっている炉があるからだ。

炉の前に座り込む日暮を背後から撮る。そして左に回りその横顔を撮影した。

日暮が炉の中からヤットコを取り出した。

その先には真っ赤になった板状の原料がある。

それを台座に置くとハンマーを振り下ろした。

日暮がハンマーで叩く度に放射状に火花が散る。

この原料は鋼をステンレスで挟んだ、三層構造になっていた。それぞれの素材の間には薬品が塗られていて、接合し易くしてある。通常では密着しないこの二つの素材を、ハンマーで叩くことで固く接合させて、強度の高い素材へと変えていくのだ。

カーン、カーン、カーン。

ハンマーは一定のリズムで振り下ろされる。

日暮の額に汗が浮かんでくる。

少しして日暮がヤットコを炉の中に戻した。

浩紀が振り返ると、二十人ほどの社員がじっと日暮を見つめていた。

皆、大丈夫なのだろうか。仕事の手を止めてばかりで。

見学者たちの中に長島がいた。

瞳をキラキラさせて日暮を見つめている。

浩紀と目が合った。

長島が親指を立てた。

しょうがないので浩紀も親指を立てて返す。

その長島の隣には鈴木部長がいた。鈴木部長も長島と同じように瞳を輝かせていた。

鈴木部長が憧れる人なんだな、日暮は。

浩紀はそっとカメラを動かして、鈴なりになっている社員たちも撮った。

日暮がオーダー包丁を作る映像は、対戦ものとは別にミュラー社長に見せるつもりだ。ミュラー社長は興味がありそうだったのだが、来日中はタイミングが合わず、作っている様子を見ることは出来なかったのだ。

オーダー包丁の撮影を終えると、浩紀は再び倉庫に移動した。

今度はテーブルに耐久テスト用の機械を設置した。これもレンタルしたものだった。五ミリの厚みがある厚紙を、一定の力を加えた包丁でカットする。何回目でカット出来なくなるかを調べて、比較するつもりだ。

機械で刃付けした包丁をマシンにセットした。包丁の下に厚紙を置く。三脚に取り付けたカメラの背後に回り、ファインダーを覗いた。

「それ、一人じゃ大変じゃないですか？」と声がした。

振り返ると、嶺村が倉庫の入り口に立っていた。

浩紀は答える。「まぁ、大変なんだが、やるしかないから」

嶺村が浩紀に向かって歩き出す。「伊藤さん、うちの包丁を舐めてませんか？」

「えっ？」

浩紀の前で足を止めた。「機械で刃付けした方だって切れなくなるまでには、結構な回数やることになると思うんですよ。鈴木部長が刃付けした方なら、その何倍もやることになるでしょうから、物凄い回数になるんじゃないですか？　もしかして日付けが変わるぐらいまで残業する気、アリアリとかですか？」

「………」

そんなに掛かるだろうか……掛かるかもしれない。

「手伝いますよ。厚紙をセットしてスイッチを押せばいいんですよね？」と嶺村が言う。

「いいの？　それは助かるが総務の仕事は大丈夫？　杉田部長に私から嶺村さんを借りたいと依頼しようか？」

自分の顔の前で手を左右に振る。「杉田部長は私の仕事内容を把握してないので大丈夫です。朝デスクに座ってお早うございますと言って、帰る時にお疲れ様でしたと言えば、それ以外の時間に私がどんな仕事をしているか、わかっていなくても全然平気な人なんです」

「そうなの？」

「そうなんです。それにこれ、ホームページにも使い回せそうじゃないですか。一応私、ホームページ担当で広報の係もしてますので、業務内の仕事ってことにもなりますし。問題なしです。ホームページには工場の一部分の写真とか、包丁のアップの写真はありますけど、動画はないんですよね。作っているところは写真よりも動画で見せた方が、いいんじゃないかって思いました」

なんか……杉田部長と嶺村の関係は、大久保専務と私の関係に似ているような……部下の放し飼いが斉藤工業のスタイルなのだろうか。

浩紀は言った。「有り難う。助かる。それに鈴木部長に交渉してくれたことも有り難う」

「どういたしまして。私だって社長にわかって欲しいですから、斉藤工業のこと」

浩紀は一つ頷いて「じゃ、よろしく」と言った。

十二

東皓平(あずまこうへい)がきょとんとする。

大山美紀(おおやまみき)が説明する。「お父さんに紹介するね。こちらが伊藤さんで、こちらが嶺村さん。動画を撮りたいと言われたので、いいですよと私がオーケーしたの」

皓平が不思議そうな表情を浮かべながらも「どうも」と言った。

浩紀と嶺村は立ち上がり「お邪魔してます」と挨拶をした。

浩紀はカメラを取り付けた、ジンバルのスティックを握っている。

東家のリビングは十畳ほどの広さがあった。中央には介護用ベッドが置かれている。

そのベッドの頭側は立ち上がっていて、そこに背中を預けるように座っているのが、美紀の母親の東三子(みつこ)だった。

ベッドの右側に浩紀と嶺村が並んで座り、向こう側には美紀がいる。

この四人で、スーパーに買い物に行った皓平の戻りを待っていたのだった。

皓平が「なんだ。お茶も出してないじゃないか」と言うとキッチンへ向かう。

嶺村が「どうぞお構いなく」と声を掛けた。

皓平がエコバッグの中身をカウンターに出していく。そしてそれらを冷蔵庫に仕舞う。

すべてを入れ終わるとエコバッグを畳みながら「コーヒーでいいですかな?」と言った。

今度は浩紀が「どうぞお構いなく」と答えた。

それでも皓平はコーヒーの準備を始めた。

コーヒーメーカーに水を注ぎ、フィルターにコーヒー粉を入れる。

六十一歳の皓平はゆったりした黒いTシャツを着ている。

美紀が焦れたような声を出す。「お父さん、こっち来て。コーヒーが出来るのを待ってないで、こっち。ここに座って」隣の椅子の座面を叩いた。

「なんだよ」と訝りながら皓平がキッチンを出て美紀の隣に座った。

美紀が言う。「今日は私とお母さんから、お父さんにプレゼントがあるの」

皓平が驚いた顔をした。「なんだい。どうした」

美紀が「ジャジャーン」と言いながら三子の掛け布団の端を捲った。

そうして布団の下に隠していた包みを取り出す。

それは黒い包装紙で覆われ、金色のリボンが付けられている。

美紀が話し出す。「定年してから一年、お父さんはとってもとっても頑張りました。お母さんが脳梗塞で倒れてから、介護と家事を一生懸命やってくれました。お母さんも私も驚くぐらいにね。これまでお父さんはなんにもしなかったでしょ、家のこと。だから絶対無理だと思ってたの。でもお父さんは生き方を百八十度変えて、お母さんに尽くしてくれた。私もお母さんも感謝してるの。それで誕生日プレゼントを、ちょっと奮発しようってことになったの。なににするかすっごい悩んだの。それでね、悩み過ぎたのと、注文してから納期まで二週間もかかるものだったから、誕生日に間に合わなかったの。それで五日遅れになっちゃったけど、はい、どうぞ」

浩紀はファインダーを覗き皓平の顔にズームする。

皓平が包装紙を外して箱の蓋を開けた。

すぐに「うおっ」と低い声を出した。

そして「こりゃ、凄いじゃないか」と言った。「光り輝いているぞ、この包丁は。おっ、俺の名前が入ってる」

「入れて貰ったのよ」と美紀が自慢気に言う。

三子が口を開いた。

ゆっくりした口調で一生懸命言葉を発する。「お、と、う、さ、ん。あ、り、が、と、う」

皓平が自分の口を手で押さえた。

涙を堪える様子を浩紀のカメラは撮り続ける。

少しの時を置いて皓平が手を下ろした。包丁を箱から取り出す。黒檀製の柄を握り小さく左右に捻って、包丁の輝きを楽しむような顔をした。それから手の筋が浮かぶほどぐっと包丁を握ると、空で上下させて切る動作をした。

そして言った。「こりゃあいいものだ」

美紀が頷く。「それはね、最高級の包丁なのよ。職人さんがハンマーで叩いて作った、オーダー包丁なんだから」

「手作りなのか？」と皓平が目を丸くした。

嶺村が口を挟む。「実は私たちは、この包丁を作った斉藤工業の社員なんです。美紀さんがうちの店にお越しになって、お父さんへプレゼントする包丁を、オーダーしてくださいました。大店のスタッフから凄く頑張っているお父さんに、娘さんと奥さんから感謝の証として贈る、大切な包丁だと聞きまして、素敵なお話だと思いました。それで娘さんと奥さんから包丁を渡す瞬間を、撮影させて頂けないかとお願いしました。うちの職人は真心を込めて包丁を一本一本作っていますが、お客さんと直接は接しないので、包丁が届いた先のことを、なかなか想像出来ていないようなんです。包丁を贈る時、受け取る時の様子を撮影して、それを職人たちに見せたいと思いました。こんな風に自分たちが作った包丁が誰かを喜ばせたり、役に立っていたりするのだと、はっきりとわかれば、職人たちのモチベーションが上がるでしょうし、とても喜ぶと思ったんです。美紀さんは快く撮影を許可してくださいました」

そこまで言うと嶺村は中腰になって、自分のスマホを皓平に差し出した。「うちの職人が作っているところを撮影した、動画があります。どうぞご覧ください」

スマホを受け取った皓平が、日暮がハンマーを振るう動画を見つめる。

しばらくして皓平が顔を上げた。

その顔には感心したといった表情が浮かんでいた。

スマホを嶺村に戻した皓平は感想を口にした。「こんな風に手間をかけて作ったものなんですね。これは大切にしないと。凄いですよ。ハンマーだけでこの形にするなんていうのは。それにしても格好いいですね、その職人さん」

たちまち浩紀の胸に誇らしさが溢(あふ)れる。

変だな。どうして私が誇らしく思うんだろう。褒められたのは日暮さんなのに。日暮さんと同じ会社で働いているだけの私が、自分のことのように喜んでいるなんて。

会社は会社で、自分はただそこで働いているだけだった。同僚は一緒に働いている人たちといった程度だった。そのはずだった。ずっと。だがどうやら私は会社の一員で、同僚は仲間になっていたようだ。だから同僚が出した成果は、自分の喜びに繋がっている。不思議だな、会社って。

嶺村が「有り難うございます」と言った。

浩紀は言葉が出てこなくてただ頭を下げる。

それから浩紀たちはコーヒーをご馳走になり、皓平と三子の馴れ初めや介護の苦労話を聞いた。そしてお礼を言って東家を辞去した。

浩紀と嶺村は駅に向かって歩き出す。

住宅街を抜けると片側二車線の通りに出た。

横断歩道の横に、一メートルほどの高さの石碑が立っていた。流麗な草書体で文字が彫られている。文字が読めないので詩なのか歌なのか、それとも歴史を語っているものなのか、皆目わからない。

横断歩道を渡り切ると嶺村が口を開く。「奥さんのために、あの包丁でたくさん料理を作って欲しいですね」

「そうだね」

「包丁を受け取る瞬間も撮影しようと私が言った時、伊藤さんはそれは脱線し過ぎじゃないかって、言ったじゃないですか」

「言ったね」

「でも撮影させて貰って良かったと思いましたよね？」

「思った」と浩紀は正直に答えた。

小さくガッツポーズをして「よしっ」と言った。「いい感じのご夫婦でしたよね。奥さんのために生き方を変えるって、そうそう出来るもんじゃないですよね。私は独身なんであくまでも想像ですけど」

「なかなか出来るもんじゃないと私も思うよ」

「伊藤さんはどうですか？　奥さんのために生き方を変えられますか？」

「そういう難しい質問しないでよ」

「えっ。今の難しい質問でしたか?」と嶺村は目を見張り「そっか。難しい質問なんだ」と繰り返した。

浩紀は顔を前に向けて歩を進めた。

十三

ピアノの音に合わせて浩紀は両手を真っ直ぐ上げる。その腕を下げて横に広げる。深呼吸をしながら太腿(ふともも)の横まで腕を下ろした。もう一度両手を上げる。腕を横に広げながら下げていく。下げ終わると両手を両足の脇に当てた。

ピアノの音が止まりラジオ体操が終了した。

斉藤工業では毎朝午前八時五十分から、ラジオ体操を全社員で行う。社長がドイツ人になってもこの習わしは続いていた。駐車場で行う時期もあるが、七月に入って暑い日が続くようになったため、倉庫で行われるようになっている。

社員たちがそれぞれの持ち場へと歩き出す。

入社してからずっと、なんでラジオ体操なんかをしなくちゃいけないんだと、不満をもっていた。だが最近は積極的な気持ちで臨むようになっていた。体操の後のすっきりした感覚が心地よいからだ。

浩紀は倉庫を出て自分のデスクに向かう。

百五十平米ほどの部屋の隅にある席に着いた。

窓を背にして座る部長たちが暑いといって、ブラインドの羽根を閉じてしまっているので外は見えない。

営業部の電話がいくつか鳴り出し、社員らが受話器を取る。

浩紀は引き出しからネクタイを取り出して、デスクに置いた。

パソコンを立ち上げてメールボックスを開いた。三十通ほどのメールが来ていた。

時差があるため、海外からのメールは日本の深夜に届くケースが多く、朝一の仕事はこうしたメールへの対応がメインになる。

ざっと件名と送信者の名前を見ていく。

あっ、来てる。

ミュラー社長からメールが来ていた。

開封しようとカーソルを当てたが、そこで手が止まってしまう。

三日前にミュラー社長に映像を送った。切れ味対決と耐久テスト対決の映像だ。それに日暮が包丁を作っているところの映像と、東晧平がオーダー包丁を受け取った瞬間の映像も加えた。編集して英語でテロップを入れた。

このミュラー社長からのメールに、映像についてのコメントが書かれているかもしれない。ちょっと緊張する。

手で胸を押さえてからメールを開いた。

現在テークリヒに、素材を納品している会社が作成した納入額のリストを、このメールに添付したと書いてあった。素材をドイツで一括購入して日本に送った場合に、どれだけコストを削減出来るか、品番毎にリストを作成して提出するよう、資材部の部長に伝えて欲しいと記されている。

それだけだった。送付した映像へのコメントはない。

なにもないというのは、どういうことだ？　コメントする価値もなかったのか？　余計なことをした私は、リストラのリストの一番上に入ってしまっただろうか。どうしよう。

その時、浩紀のデスクの電話が鳴った。

受話器を取る。「はい、斉藤工業、海外事業部です」

「お早う。大久保です」と専務の声が聞こえてきた。

「お早うございます」

「あのさー」

「はい、なんでしょうか？」

「実はさー、斉藤工業を退職することにしたんだ」と大久保専務は言った。

「えっ。そうなんですか？」

「医者はさー、まだまだ働けると太鼓判を押してくれたんだよ。私もそのつもりでいたんだ。だがさー、退院しても日によって波があるんだよ。そのうちに波が収まるだろうと期待していたんだがね、一向に収まらないいんだ。こんな調子じゃ復帰は無理だ。残念だがね、しょうがない。ちょいと早い気がするが引退することに決めたよ」

「それは……そうなんですか……ちょっとショックを受け過ぎてしまいまして、言葉が出てきません」

「伊藤君はさー、大丈夫だよ。私は君のことは全く心配していないよ」

浩紀は言った。「専務は社員たちの精神的な柱なんです。柱がなくなったらこの会社はどうなることか」

「少し前の斉藤工業ならガタついたかもしれないな。だが今の斉藤工業なら大丈夫だと思うよ。伊藤君は定期的に私にメールをくれたね。それを読んでいたらさー、社員たちに変化の兆しを感じたからね」

「………」

「伊藤君も変わった。受け身だった伊藤君が視点を変える方法を手に入れたことで、能動的になったようじゃないか。今の調子で続けなさい。望むことがあれば、それを手に入れるために努力しなさい。やりたいこと、やりたくないことを自分の言葉で説明して、説得出来るようになりなさい。出来るよ、今の君なら、きっと。いいね？」

「……はい」

「それじゃ、頑張って」

「あの、これまで有り難うございました」

浩紀は受話器を耳に当てた状態で頭を下げた。

大久保専務が言う。「英語が出来ない上司で君も苦労したろう。こっちこそ有り難う。それじゃ、元気で」

「はい。専務もどうぞお元気で」

受話器を戻した。

寂しい。もっと色々と教えを乞えば良かった。きっとたくさん教えてくれただろう。あのさー、伊藤君さーという声をもう聞けないのか。

立ち上がった。

なんで立ったんだろう。なんだか動揺している。

浩紀は部屋を出た。廊下を進み、休憩室の出入り口の横にある、自動販売機の前で足を止めた。

投入口に硬貨を入れる。

節約のために飲み物は買わないようにしていたが、今はそんなことを言っていられない気分だった。

アイスコーヒーのボタンを押した。腰を屈めて取り出し口から缶を取り出す。

「ちょうど良かった」と背後から声がした。

長島だった。

長島が言う。「伊藤さんのところに行くつもりだったんっすよ。えっとですね、対決の撮影なんっすけど、あれで終わりっすか?」

「ん？」

「この前のはうちの包丁同士の対決だったじゃないっすか。今度はよその会社が売ってる包丁と、うちのとで切れ味対決をしたらいいんじゃないかと、思ったんっすよ。社長に見せるんっすよね？　だったらうちの包丁がどんだけ凄いのかっていうのを、社長に見て貰いたいと思って。どうっすか？」長島は心配そうな顔をした。

「なるほど。そうだね。それ、いいね」

長島がぱっと顔を明るくする。「マジっすか？」

「あの対戦の動画をホームページにアップしたろ。凄く反響があって、オンラインショップの売上が、爆上がりしているそうなんだよ。嬉しいよね、やっぱり。うちの包丁の凄さが一般の人にもわかって貰えたってことだからね。第二弾、第三弾と続けていって、もっとうちの包丁のことを知って貰おう。社長は勿論だけど、一般の人にもね。ただ鈴木部長がいいと言ってくれるかどうか、わからないが」

「そこは大丈夫っす。話したら、いいよって」

「本当に？」

「はい。負けるわけないんで。あっ、でもあれっすよ。大体同じ価格の包丁で比べてくださいね。こっちは機械で作ったので、敵が手製のなんて勝負はダメっすから。価格は同じくらいのにして貰わないと」

「わかった」

どこの会社の包丁にしようか。一気に気持ちが上がる。ミュラー社長が見ても見なくても構わない。比べ続けて、撮り続けて、斉藤工業の良さを訴えていくとしよう。自分の言葉をもっていない私には、この方法で説得するのが向いていそうだ。

浩紀は言った。「アイデアを有り難う。どこの会社の包丁にするか検討して選んでみるよ」

「また手伝いますから、撮影の時には声を掛けてください」

「助かるよ」

「俺だけじゃなくて工場の誰でも手伝うと思います。この間の対戦すっげぇ盛り上がったし、気持ち良かったって皆言ってましたから」

「それ、わかる。私も勝ったのを見て嬉しかったから」

長島がとびっきりの笑顔になる。「伊藤さんもやっぱ、そうだったんっすか。嬉しいっすよね、勝つのは。あれも嬉しかったっすよ。日暮さんが作った包丁を買ったお客さんが、お父さんにプレゼントした時の動画を、嶺村さんから見せて貰ったんっすよ。そん時、すっごい嬉しくなって幸せな気持ちになりました。その動画を工場で見た人、結構いて、皆、自分みたいに嬉しくなってたんっすよ。鈴木部長も多分そうだったと思います。感動しているのが顔に出ないようにしてましたけど、俺にはわかりました。大切に作っていかないとなって思ったんっすよ。あれっすよ、これまでも大切に作ってましたよ。これまで以上にってことっすから」

「わかってるよ」しっかりと頷いた。

十四

ウェンがタブレットをケースに仕舞う。

真っ赤な布製のそのケースには、白いハートがたくさんプリントされている。

タイから来たバイヤーのウェンと、直営店での商談を終えたところだった。

ウェンが尋ねる。〈タクシーに乗りたいのですが、すぐつかまりますか？　呼んだ方がいいと思いますか？〉

〈この店の前の通りでは拾えないと思います。左に真っ直ぐ行くと大通りにぶつかります。そこで待つのがいいでしょう〉と浩紀が答えると、ウェンは〈有り難う〉と言って店を出て行った。

店内には十人ほどの客がいる。四人のスタッフは皆接客をしていて忙しそうだった。

浩紀はウェンに出した麦茶のグラスをトレイに載せて、バックヤードに運ぶ。

在庫を保管しているラックの隣に小さなシンクがある。

そこでグラスを洗い逆さにして籠に置いた。

隅にある小さなテーブルには、インスタントコーヒーの入った瓶が置かれている。その瓶の下には紙があり、冷蔵庫に水羊羹（ようかん）がありますと書かれていた。

浩紀は店内に戻り、ウェンから注文された商品のリストを、会社のクラウドに上げた。同じものを浅野慎吾部長にメール送信した。

浅野部長は浩紀の現在の上司だ。海外事業部も営業部長が見ることになったのだ。

それから会社から支給されているスマホを開き、メールをチェックした。

ミュラー社長からメールが入っていたので、それを開いた。

杉田部長と平山への指示が書かれてあり、それを日本語に訳して、それぞれに伝えて欲しいという。一行の空きがあり、その下にPSの二文字が書かれていた。

そこにいつも動画を有り難うとあった。

えっ。

顔をぐっと画面に近付けた。

動画で工場のことを知ることが出来るし、職人への理解を深められると続いていた。

よしっ。

思わず声が出て慌てて周囲を見回す。

隣のテーブルで接客中の女性店員が、少し驚いたような顔をしていた。

浩紀は無表情を装ってテーブルの下に手を入れた。両手の拳にぐっと力を入れて、こっそりガッツポーズをした。

この二ヵ月ほどの間、浩紀は工場の全面協力を得て様々な対決を撮影し、公式サイトで公開するのと同時に、ミュラー社長にも送り続けてきた。だがミュラー社長からは、ずっとノーリアクションだった。もう送ってくるなと言われるまで、続ける覚悟をしていた。だがミュラー社長は見ていた。見ていただけでなく、工場や職人を理解出来ると評価してくれた。良かった。諦めずに送り続けて。なんだろう、この気持ち。これは……達成感というやつだろうか。生まれて初めての感覚でなんだかよくわからない。わからないが幸せだ。

浩紀はもう一度PSの欄を読んだ。

顔がにやにやしてくる。

ちらっと隣の店員に目を向けると、今度は不気味なものでも見るような顔をしていた。

両頬を手で軽く叩いて、にやにやが出ないようにしてから会社に電話をした。

自分宛のメッセージは入っていなかったので、直帰することにした。杉田部長と平山への連絡は明日で構わないだろう。

店を出て駅に向かい電車に乗った。運良くドア横の座席が空いていた。

座るとすぐに鞄からスマホを出す。

北川からラインがきていた。［頼み事があるんだよね］と書いてある。

浩紀は［なんですか?］と返した。

すぐに返事がきた。［十二月に劇団の公演があるんだが、伊藤君にどうしても演じて欲しい役がある。出演してくれないか?］

浩紀が文字を入力していると、先に北川が言ってきた。

［メスネコのスパイ役だ］

入力していた文字を消して［なんですか、それ?］と書いて送った。

「メスネコは戦時下、敵国の権力者（狼）の家に家政婦として潜入するんだ。メスネコはそこで得た情報を自国に流していたんだが、身元がバレそうになる。その時そこの息子（羊）が上手く立ち回ってくれて、メスネコへの疑いを晴らしてくれた上に、逃げることにも協力してくれることになった。羊はメスネコに惚れてたんだ」

そこでぷつりと文は終わっている。

浩紀はしばらく待ったが、北川からなにも言ってこないので「それでメスネコはどうなるんですか？」と質問した。

するとすぐさま「興味もった？」と書いてきた。

「そういう訳じゃありませんが、結末は教えてくださいよ」

「国からメスネコに指示が出る。情報を漏らしていたのは羊だということにするため、羊を自殺に見せかけて殺してから、逃げろというものだった」

またぷつりと文が終わる。

浩紀は「それで？」と尋ねる。

「伊藤君ならどうする？」

「その設定が自分と離れすぎていて想像出来ません」

「そうか。実は結末はまだ決まっていないんだ」

「そうですか。まぁ、とにかく出演は出来ません」浩紀は断った。

「どうしてよ。頼むよ。君しかいないんだ」

「どうしてそのメスネコに私をと考えたのかわかりませんが、断らせて貰います。人前で芝居をするのは無理です。大学時代は別の理由があって演劇部に参加していましたが、そもそも演技をすることに抵抗感がありますし苦手です。それに練習に参加出来ません。副業するかもしれないんです。時間を取れません」

「そこをなんとか考えて貰えないかな？」

「考える余地はありません。公演には客として見に行かせて貰いますよ。メスネコがどういう決断をするのか知りたいので」

「こんなにはっきりと伊藤君から断られたのは初めてだよ。こっちが強く押せば、いつも受けてくれる人だったのに」と北川が書いてきた。

「やりたくないことは、やりたくないと、自分の言葉で説明して、意思を伝えられる人になりたいと思っています」

「そうか。わかった。伊藤君はたくましくなったようだね」

たくましくなった？　そうだろうか。そうだったら……ちょっと嬉しい。

ラインを終えて顔を上げた。

前には二十代ぐらいの女が立っている。丈がとても短いTシャツを着ているので、腹が見えている。

暑いから？　縮んだ？　ファッションとして？　若い人のすることは、もうよくわからない。

電車を降りて自宅に向かう。

到着したのは午後七時だった。

部屋着に着替えてダイニングテーブルに着いた。

割烹着姿の沙羅が向かいに座る。

浩紀は味噌汁をひと口啜(すす)ってから、具のジャガイモを口に入れた。それから春雨と豚肉の炒め物が載った大皿から、自分用の小皿に移した。

浩紀は口を開く。「今日お義父さんから電話があったよ」

「えっ？」

「お義父さんに私と話すように頼んだの？」

頭を左右に振った。「私がしてしまったことは話したけど、浩紀と話して欲しいなんて頼んでない」

「私たちの年にもなって親になにかして貰うとか、提案して貰うというのは違うと思う。私たちの問題だ。沙羅はこれからどうしたい？」

「前に言ったでしょ。その気持ちと変わってない。これからどれだけ働いても、私が使ってしまったお金を浩紀に返せない。それは本当に申し訳ないと思ってる。本当に。でも私は夫婦としてこれからも暮らしたい」

「……私は別れたい」

沙羅が驚愕(きょうがく)の表情を浮かべる。

浩紀は話し出した。「金のことは残念というか、無念だ。老後が心配でならないよ。沙羅の視点で今回のことを考えてみた。だがやっぱり私の気持ちは変わらなかった。沙羅への怒りは小さくはならなかった。すべてをなくす前に、もっと早い段階で打ち明けて欲しかったと思うよ。いや、そもそも仮想通貨取引をするなら、事前に相談して欲しかった。時間が経っても、沙羅へのこの怒りは消えないと思う。人生を壊されたんだから、私が怒るのは当然のことだよね」

「…………」

「沙羅を許そうと努力したがダメだった。もう許そうと努力するのを止める。夫婦として生活していくのは無理だ。離婚しよう」

沙羅は目を伏せた。じっとテーブルの一点を見つめる。少しして顔を上げた。

浩紀と目を合わせた。「わかった」と言った。

そして「変わったね」と呟いた。

十五

嶺村が「まだしばらく時間が掛かるんじゃないですか?」と言ってフライトボードを見上げた。

浩紀は答える。「いや、社長はファーストクラスだから、他の乗客より先に降りるだろうし、荷物も優先的に早く出てくるはずだから、もうスタンバっていた方がいい」

「ファーストクラスって、そんなに特別扱いなんですね。知りませんでした」と嶺村が声を出した。

ミュラー社長が半年ぶりに来日する。出迎えるために浩紀と嶺村は到着ロビーにいた。

周囲には三、四十人ほどの人たちがいる。

浩紀の右横には四十代ぐらいの女と、高校生ぐらいの少女がいた。女子高生の手にはボードがあり、その縁は金色の紙製の花で飾られている。その中にはパパお帰りと書かれていた。

父親の到着を待っている家族か。フツーの家族の姿が今は目に沁みる。自分が望んだことなのに、離婚してまだ日が浅いせいだろうか。

嶺村が口を開いた。「来週テレビの取材が来るんですよ」

「えっ。なんで?」

「全国にある、いろんな工場を紹介する番組なんですって。うちのホームページを見たらしくて、取材させて欲しいと連絡があったんです」

「凄いじゃない。工場の皆、喜んでるんじゃない?」

「鈴木部長ったら製造部の人たち全員に、理容店に行くようになんて指示出しちゃって。可愛いんです」

女はなんにでも可愛いと言う。ま、可愛くないと言われるよりはいいのだろうが。

浩紀たちの背後からやって来たスーツ姿の男の四人組が、左前方で足を止めた。そして全員でゲートに視線を向けた。

ミュラー社長の視察はどんなことになるのか……不安だ。だが前回の時より、ほんの少しだけ不安は小さい。今度も通訳として社長の側にいることになるだろう。なにか社員たちに不都合な命令が下ったとしたら、その決定を覆せなくても説明をしたり、役割の大切さを訴えたりすることは出来る。そう思えるだけで不安は小さくなるようだ。

嶺村が「あっ。社長です」と言って手を振った。

社長に手を振る？

驚きながら嶺村の視線の先を追うと、ミュラー社長がスーツケースを転がしながら歩いていた。

ミュラー社長は嶺村に気が付くと手を振り返した。

挨拶を済ませてから浩紀は尋ねた。〈ホテルに行かれますか？　それとも会社に行かれますか？〉

ミュラー社長が答える。〈行きたいところがあります。浅草（あさくさ）と富士（ふじ）山です〉

なんだ、それは。観光する気なのかよ。

ミュラー社長が続ける。〈会社のことは心配していません。君が送ってくれる動画を見ているからね〉

なんと答えればいいのかわからなくて、浩紀が言葉を探していると、ミュラー社長がジーンズのポケットからスマホを取り出した。

そして〈行きたい場所がもう一つあったんでした〉と言った。

しばらくの間スマホを操作していた社長が〈これ、見てください〉と画面を浩紀に差し出す。それは外国人が、もんじゃ焼きの店で食事をしている写真だった。

ミュラー社長が人差し指で画面の一ヵ所を指した。〈これはなんですか？〉

浩紀は画面に顔を近付けてから答えた。〈へらですね。このもんじゃ焼きというメニューの時には、鉄板に料理があって、それを各自でこのへらで食べるスタイルなんです。鉄板の上に料理がある状態で熱いですから、耐熱素材のカトラリーでないとダメなので、このへらが使われているんだと思います。それとスプーンのように裏面がカーブしているものより、直線的な方が鉄板の上で焦がすために具を押したり、それをこそげ落とすようにして取ったりするには適しているので、これが使われているんでしょう。これは食べるための道具ですが、お好み焼きを作る時には、もう少し大きいサイズのへらを使います。お好み焼きってわかりますか？　えっとですね、お好み焼きは小麦粉を使った生地の上に、野菜や肉などを載せて、焼いて食べる庶民的な料理です。店だと料理人が客の目の前で焼いてくれます。鉄板の上で焼いて途中でひっくり返します。その時に土台の生地の下に左右からへらを差し入れて、ひっくり返すんです〉

ミュラー社長が言う。〈使っているところを見たいですね〉

〈それではもんじゃ焼きの店に行って、そこで食事というスケジュールがいいですか？〉

ミュラー社長が頷く。

浩紀は嶺村に説明し、ひとまずタクシーで浅草に向かおうと言った。その車内で手分けをして、もんじゃ焼きとお好み焼きの両方を食べられる店を、探そうと提案した。

嶺村が「まさかの行き先ですが了解です」と答えた。

ミュラー社長のスーツケースを浩紀が押して、タクシー乗り場に向かう。

浩紀はちらっとミュラー社長の横顔に視線を向けた。

長旅をしてきた割に元気そうだし、機嫌が良さそうにも見える。

それは……いい兆候だと思いたい。

浩紀は自分の鞄に目を落とした。

そこには企画書が入っている。

来年イタリアで開かれる、展示会への出展を提案するものだ。そのために必要な予算やスケジュール、売上目標などをまとめてあった。

世界の人に見て欲しい。斉藤工業の包丁を。だから。ミュラー社長は了承してくれるだろうか。ダメだと言われたら……説得だな。とにかく説明して理解して貰う。それしかない。出来るさ、今の私なら。浩紀は心の中で自分を励ます。

窓ガラスの向こうにタクシー乗り場が見えてきた。

浩紀たちは自動ドアを通って外に出た。

明るい陽光に浩紀は目を細めた。

本書は書き下ろしです。

桂 望実（かつら　のぞみ）
1965年東京都生まれ。大妻女子大学卒業。会社員、フリーライターを経て、2003年『死日記』で「作家への道！」優秀賞を受賞しデビュー。05年刊行の『県庁の星』が翌年映画化され大ヒット。他の著作に、映像化もされた『嫌な女』『恋愛検定』や、『総選挙ホテル』『終活の準備はお済みですか？』『残された人が編む物語』『息をつめて』などがある。

著者公式HP
https://nozomi-katsura.jp

この会社（かいしゃ）、後継者不在（こうけいしゃふざい）につき

2023年11月30日　初版発行

著者／桂 望実（かつら のぞみ）

発行者／山下直久

発行／株式会社KADOKAWA
〒102-8177　東京都千代田区富士見2-13-3
電話　0570-002-301（ナビダイヤル）

印刷所／旭印刷株式会社

製本所／本間製本株式会社

●お問い合わせ
https://www.kadokawa.co.jp/（「お問い合わせ」へお進みください）
※内容によっては、お答えできない場合があります。
※サポートは日本国内のみとさせていただきます。
※Japanese text only

定価はカバーに表示してあります。

ISBN 978-4-04-114071-0　C0093